공자

소설

孔子

1

가난을 이기고 뜻을 세워 홀로서기까지

우쾌제 엮음

시간
여행

나는 날 때부터 아는 것이 아니라
옛것을 즐기고 부지런히 배워서 아는 것이다

대륙문화의 꽃 문성대왕(文聖大王)!

공자(孔子)! 그는 누구인가?

유교문화(儒敎文化)의 중심인물로 《시(詩)》, 《서(書)》, 《예(藝)》, 《악(樂)》, 《춘추(春秋)》와 같은 책을 정리했고, 《역(易)》에 대해서도 심혈을 기울였을 뿐만 아니라, 당시의 춘추전국시대(春秋戰國時代)에 열국을 순방하며 인의(仁義)를 통한 예의지국(禮儀之國)의 뜻을 실현하려 했던 동양 최고 위인(偉人)이자 세계적 성인(聖人)이다. 왕에 즉위하지 않았으나 대왕(大王)의 칭호를 받았다.

현대를 살아가는 우리에게 공자는 삶 속 가까이 있으면서 왠지 멀게만 느껴졌다. 그동안 원전(原典)에 충실한 전문적 자료가 많이 있었기에 지금까지 전하는 이야기들을 모아 그의 일생을 쉽게 볼 수 있는 전기형식으로 각색하여 본다.

그의 이야기는 태산 기슭의 니산에서 고고한 울음을 터트리며 기구한 운명으로 태어난 출생에서부터 시작한다. 가난을 이기고 학문에 뜻을 두어 피나는 노력으로 홀로 설 수 있기까지의 용기와 불의에 도전하는 정의와 백년대계(百年大計)를 위해 행단(사립학교)을 꾸려 유교무류(有敎無類)를 실천한 일과 열국을 순방하며 인의(仁義)로 인덕정치(仁德政治)의 이상을 실현하려 했던 일 등, 인류의 보편적 가치인 평화적 인본주의 정신으로 빛을 발한 것들이다.

국교 정상화(1992년) 전만 해도 죽(竹)의 장막(帳幕)으로 가려졌던 대륙이 서울 올림픽(1988)의 함성으로 만리장성의 높은 벽을 넘어 교류가 가능해졌다. 필자는 북경대학 교환교수 초청을 받아 고전문학 전공자로 중국의 역사나 문화적 가치를 새롭게 밝혀 보고자 중국문화와 깊은 인연을 맺게 되었다. 당시 북경대학에서는 문화혁명 시대에 행해졌던 공자 격하 운동의 오류를 벗기 위해 공자 복권운동을 시작하고 있었다. 그 결과 공자가 이끌었던 유학 사상을 중심으로 삼아 공자 학당을 설립하여 세계화하는 과정을 보게 되었다.

동방의 영원한 빛, 온 세상의 귀감이 되는 스승인 공자, 대륙문화의 꽃. 그를 아는 것은 중국을 아는 것이므로 그의 행적을 따라 그의 사상과 그의 실천적 노력을 알게 되면 현대인에게는 모범이다. 젊은이에게는 희망(希望)으로, 장년에게는 용기(勇氣)로, 노년에게는 모범(模範)으로 이 사회를 밝히는 새로운 문화 창조의 길이 열릴 것이다. 이에 자료를 찾아 그에 얽힌 많은 일화를 모아 소설로 다음과 같이 3권으로 엮었다.

공자의 탄생과 성장 과정은 물론, 어려운 환경에서 꿈을 실현하기 위해 가난을 극복하고 학문에 정진하여 훌륭한 학자가 되어 행단(杏壇, 사립학교)을 설립하고 제자를 양성하기까지 제1권에서 청년기의 〈공자 이야기〉로 엮었다.

행단에서 유교무류(有敎無類 교육의 평등)의 정신으로 많은 제자를 불러 모아 학문적 토론을 하며 인재를 양성했다. 이웃 나라와의 관계를 재정립해 나가는 과정으로부터 대사도직(정부 고위직)을 맡아 현실정치에 참여하고, 천명(天命)을 알기까지 장년기의 공자 이야기는 제2권으로 엮었다.

춘추전국시대 열국을 순방하며 자기의 인의 사상을 펼치기 위해 노력하고 고국에 돌아와 지식을 체계 있게 정리하여 이루지 못한 이상적 정치철학을 후대에 남기는 일에 전념하는 말년의 고종명(考終命)까지 노년기의 공자 이야기를 제3권으로 엮었다.

이 책을 통해 공자가 실행하고자 했던 인의 정신은 학자, 종교인, 정치인, 경제인 및 모든 현대인에게 좋은 길잡이가 될 뿐만 아니라, 공자를 통해 우리 선조들(東夷族)의 정신적 전통을 찾아보면서, 우리의 빛나는 문화유산이 인성(人性)을 중시한 인문학(人文學) 중심에서 이루어 낸 것임을 인지한다. 또한, 정신문화가 과학 문명을 뛰어넘을 수 있는 새로운 시대의 새로운 문화가 꽃필 수 있기를 기대해 본다.

인문학을 중시하는 새로운 문화를 꽃피울 수 있는 사회, 다시 한번 니산 기슭에서 와 ! 하는 새 생명의 외침을 듣고 싶다.

이 책을 엮는 데는 중국에서 출간된 공자에 대한 많은 이야기에 힘

입은 바가 컸다. 또한, 현재 연변대학교 조문학부(朝文學部. 한국어문학과)에 봉직하고 있는 우상렬(禹尙烈) 교수와 필자의 문하(門下)에서 박사학위를 받고 사천 외국어 대학교수로 있는 임향란(林香蘭) 박사의 적극적인 협조가 큰 힘이 되었음을 밝혀 둔다.

　끝으로 이 책의 출간을 위해 힘써 주신 시간여행출판사의 김경배 대표와 편집자와 디자인한 분의 노고에 감사 드린다.

2019.02.
여름 피서 휴양지 필리핀 세브랜드 세브시티에서
원고 정리를 마치며.
일위 우쾌제

孔子

목차

니산 기슭에 그대로 버려진 핏덩이를 찾는 이가 없었다면,
애끓는 어머니의 사랑이 없었다면, 공자는 없었을 것이다.
아버지의 뜻을 믿고 따르는 딸이 없었다면,
시 씨의 질투에도 가족 화합을 이루어 내지 못했다면,
공자는 없었을 것이다.
그를 낳고 길러낸 젊고 현숙한 숙량흘 장군의 셋째 부인 안정재가 없었다면,
후일 대성인 공자는 없었을 것이다.

제1장

와~! 하는 새 생명의 외침

니산(尼山)에서 성인(聖人)이 나다

숙량흘(淑梁紇) 장군이 청혼하다

이룡오로(二龍五老)에 기도하고 꿈 태몽에서 기린을 만나다

안징재가 상원공지에서 해산하다

孔子

니산(尼山)에서 성인(聖人)이 나다

니산(尼山)은 중국 태산(泰山)의 한 줄기다. 옛날부터 중국에는 오악 (五岳)이 있었는데 그중의 으뜸이 태산으로 천하 명산이다.

'태산이 높다 하되 하늘 아래 뫼이로다.' 하는 양사언의 시조로 한국 사람들에게는 너무나 잘 알려진 산이다. 실제로 이 산을 올라보면 그 렇게 높은 산은 아니다. 그러나 그 생김새가 우아하고 넉넉하여 풍더 분한 도복 차림을 한 선풍거인(仙風巨人)이 인간 세계의 만경창파를 굽 어보고 있는 듯, 중국 제일의 명산다운 산이다.

태산의 남쪽 기슭에는 문하(汶河)와 사하(泗河)가 넓은 허리띠 모양으 로 휘감아 흐르고 그 옆에는 역산(嶧山), 방산(防山), 니산(尼山), 등의 산들이 있어 비단 도포 위에 수놓은 꽃처럼 아름다운 풍광을 만들어 내고 있다.

기원전 551년 음력 8월 27일 이른 아침, 니산에 밝은 햇살이 비쳐오고 구름 속 산봉우리는 천상선녀가 방금 천지에서 목욕하고 나온 듯, 아름다운 요하(廖河)는 흰 비단 폭처럼 니산을 칭칭 감아 흐르고 있었다. 그때 마침 커다란 수리 한 마리가 창공을 차고 날아오르니 지저귀던 잡새들은 조용해지고 노루 사슴은 숲속에서 줄달음쳐 산속 세상은 조화와 생기가 차고 넘쳐났다.

이때 갑자기 '와-! 와-!'하는 몇 마디 고고한 울음소리가 니산의 정적을 깨뜨리자 숲속에 살고 있던 금수가 모두 나와 소리쳐 노래 부르며 성인의 탄생을 축하했다.

나이 젊은 산모 안정재의 볼에서는 기쁨의 눈물이 흘리며 아기 울음소리의 황홀한 연주곡에 심취된 듯, 꿈인지 생시인지 몽롱해 있을 때였다.

"부인! 어디에 계십니까?"

반백이 넘었지만 위풍당당한 한 장군이 산 위로 달려오며 나뭇가지에 얼굴이 긁히고 가시덩굴에 옷이 찢기는 것도 아랑곳하지 않고 아기 울음소리만 듣고 달린다. 그는 바로 아기의 아빠 숙량흘 장군이었다.

아내가 있는 산속 동굴 안에서 그는 한 손으로 아기를 안고 한 손으로 아내를 부축했다, 그러며 자신의 꺼칠꺼칠한 볼을 아기 볼과 아내의 볼에 번갈아 대 보면서 기뻐할 때, 아기는 젖을 빨더니 조용해졌다.

"부인 보시오. 참말 머슴애구먼!"

아기 아빠 숙량흘 장군을 보자 안정재는 빙그레 웃으며 '이 아이에게 이름을 지어 주셔야지요!'라고 말했다. 그러자 숙량흘 장군은 너무도 쉽게 그 자리에서 '이 아이는 니산의 신령한 영기를 머금고 태어났고 또 항렬 중에 둘째이니 공구(孔丘)라 하고, 자는 중니(仲尼)라 합시다.' 라고 생각지도 않은 말을 했다.

이 이름은 숙량흘 장군이 오랫동안 생각했던 것이다. 젊은 아내와 함께 처음 니산에 올라와 송자파파(신선仙人)에게 공을 들일 때부터 벌써 생각해 놓은 듯했다.

젊은 엄마 안정재는 행복에 잠겨 미소를 지었고 아빠 숙량흘 장군은 아들이 젖 먹고 있는 것도 잊고 아내의 품속에서 아기를 넘겨받아 연신 입을 맞추었다.

"어떻소! 부인, 공구라는 이 이름이 아이와 잘 어울리지 않소!"

숙량흘이 웃음을 호탕하게 짓다가 말고 갑자기 뚝 끊더니 얼굴색을 흐렸다. 아기 용모가 보통 사람과 너무나 다른 것을 처음으로 발견하고 놀랐기 때문이다. 공구의 생김생김이 특이해서 숙량흘 장군은 엄동설한에 냉수를 덮어쓴 것처럼 마음조차 차가워지며 가슴이 떨려 왔다.

두 손으로 공구를 아내에게 넘겨주면서 '이놈 생김이 왜 이래? 머리는 이렇게 크고 울퉁불퉁 못생겼어! 니산 골짜기처럼 생긴게 사람 노릇 하겠나! 정말 사람 놀라겠네!'라고 말한 후 몸을 돌려 양미간을 찌푸리고 땅이 꺼지도록 한숨을 내쉬었다.

안정재도 공구를 넘겨받아 자세히 살펴보는 순간 자기도 모르게 마음이 쓸쓸해졌다. 그녀의 얼굴에 흥분된 표정과 기쁨은 어느새 사라지고 홍조를 띠었던 얼굴도 백지장같이 창백해졌다.

몇몇 하인들이 가마를 메고 달려오자 숙량흘은 하는 수 없이 아기를 받아 안았고 아내를 가마에 태워 하산 길로 향했다. 어린 공구는 젖을 풍족하게 먹고 아빠의 품속에서 쌔근쌔근 잠이 들어 부모의 고민을 아는지 모르는지, 실컷 자고 나서 손발을 뻗치며 또 한 번 울음을 크게 터뜨렸다.

나도 하나의 새 생명이라는, 탄생을 알리는 또 한 번의 외침이었다. 이 울음은 부모를 향한 부름이었고, 세상을 향한 반항이었다. 숙량흘 장군과 젊은 엄마 안정재는 묵묵히 걸으면서 말 한마디 없었으나 내심 속은 평온하지 않았다.

숙량흘(淑梁紇) 장군이 청혼하다

숙량흘의 일가는 창평향(昌平鄕)의 한 산간마을(노원촌)이다. 니산을 등지고 앞으로는 요하가 흘러 풍경이 아름다운 곳이었다. 숙량흘은 후손을 보기 위해 두 번째 부인까지 얻었으나 낳은 아들은 못난이요, 절름발이인 큰아들 맹피(孟皮)와 다른 바 없어 항상 마음에 서운함을 지울 수가 없었다.

인간의 운명은 피할 수 없어 노력만으로는 안 되는가 보다. 사주팔자에 튼튼한 아들 하나 없어 63세나 된 고령에 안 씨 집안에 청혼까지

하여 동네 사람들 입에 오르내리려야 했다

　결국은 젊고 예쁜 안정재를 아내로 맞아들여 아들까지 두었다. 안정재는 시집와서 큰 부인 시(施) 씨의 심한 천대를 받으며 무려 2년여간 그녀의 못된 성미를 맞추느라 하루도 편한 날이 없었다. 온 집안에는 항상 시끄러운 소리가 그치지 않았다. 평생에 못된 일 않았는데 하늘은 왜 나에게 벌만 내리는가 하는 생각에 숙량흘 장군은 자신의 운명을 탓하며 자책감에 사로잡혀 80세가 넘은 고령의 장인 보기를 부끄러워하던 때가 한두 번이 아니었다. 또한, 현숙하고 예쁜 부인의 청춘을 짓밟아 앞길을 망친 것만 같았다. 부인을 바라보니 가마 안에 앉아 있는 모습이 몹시 허약하여 맥없이 잠자는 것 같았지만 마음속으로는 괴로워 바다 같은 파도가 일고 있는 것만 같이 보였다.

　안정재는 힘없이 가마에 앉아서 회상에 잠겼다.

　지금으로부터 꼭 1년 전, 숙량흘 장군이 말을 타고 당당한 모습으로 집에 찾아와 청혼하던 정경과 결혼 후 살아왔던 날들이 너무나 생생하게 떠올랐다.

　그녀의 집은 곡부성 서북쪽에 있는 한 아담한 주택이었다. 하루는 아버지께서 세 딸과 함께 시와 악을 담론하고 있을 때 였다. 갑자기 문밖에서 말발굽 소리가 떠들썩하게 들려와 그의 부친은 손님이 오셨는가 보다, 하시면서 자리를 털고 일어나셨다.

　호기심 많던 세 자매는 창문가에 엎드려 가만히 밖을 내다보았다. 대문 밖에는 수레 몇 대가 서 있었고, 앞에 선 장군은 웅장한 몸매에 딱 벌어진 어깨와 나무통 같은 허리에 이글이글한 두 눈에서는 빛이 일렁였다. 위엄 있고 인자해 보이는 장군은 손에 기러기를 들고 씩씩하게 아버지에게로 걸어갔다. 그를 따라서 돼지와 양을 들고 온 사람과 예쁜 비단 옷감과 많은 예물을 들고 온 사람이 움직였다.

아버지가 공손히 인사했다.

"장군께서 오셨는데 일찍 나와 뵙지 못해 황송하옵나이다."

장군은 두 손으로 기러기를 아버지께 드리면서 "나리님! 이 숙량흘이 댁에 폐를 끼치게 되었습니다." 하니, 아버지는 무엇인지 불안한 모양을 보이시며 "장군께서 왕림하시니 이 누추한 곳이 빛납니다. 어서 들어와 앉으십시오."라고 응수했다.

장군 숙량흘은 자기를 따라온 종들에게 "가지고 온 예물을 들고 들어오너라."라고 명령하고 아버지를 따라 응접실로 들어왔다.

응접실은 서재와 벽을 사이에 두고 있어 세 딸은 귀를 가까이 대고 그들의 이야기를 또렷하게 들었다.

"장군께서 무슨 일로 이 누추한 곳에 왕림하셨습니까?"

"저는 귀댁의 따님과 결혼하고자 청혼하러 왔습니다."

"어느 도련님을 장가보내시려고요?"

"아닙니다. 바로 접니다."

"장군께서 이 늙은 것을 놀리지 마십시오. 당신께서는 선철(先哲) 미자계(微子啓)의 후손이십니다. 어찌 이런 농담을 다 하십니까?"

"아닙니다. 저는 진심으로 청혼하는 바입니다. 절대로 농담이 아닙니다. 허락해 주십시오!"

"장군은 이미 예순이 넘으셨는데 ……"

장군 숙량흘은 자신의 가정 이야기를 하며 두 번씩이나 부인을 맞이했지만, 병신 자식뿐이라 했다. 청혼하는 것은 부인을 얻어 아들을 낳아 대를 이어 나갈 것을 간절히 원하기 때문이라 했다.

이야기를 다 들으신 아버지께서는 천천히 일어서시며 말했다.

"장군의 영명함은 누구나 다 아는 바입니다만, 우리 애들과 상의해 보겠습니다."

아버지께서 서재로 들어와서 장군 숙량흘에게 누가 시집가겠느냐고 물으니 세 자매는 저마다 자기의 발끝만 쳐다보면서 입만 삐죽거리고 대꾸하지 않았다.

아버지는 딸들의 심사를 꿰뚫어 보고 빙긋이 웃으며 숙량흘 장군의 위용과 명망, 그리고 딸들에게 그의 비범한 가정 내력과 벽양지전(壜陽之戰)에서 떨친 용맹을 딸들에게 들려주었다. 아버지는 이야기를 마치고 세 자매를 바라보았지만, 그녀들은 계속 자기의 발끝만 쳐다볼 뿐 아무도 말이 없었다.

아버지는 아무도 대답하지 않는 것을 보고 입을 열었다. 집안의 문벌을 따질 것 같으면 우리는 비교도 안 된다. 장군의 사람 됨됨이는 더 말할 바 없으나 다만 나이가 많은 것이 흠이다. 혼인 대사는 평생에 제일 중요한 일인데 너희들의 어머니가 일찍 돌아갔으니 나는 너희들의 의견과 대답을 들을 수밖에 없다.

두 언니는 서로 쳐다보더니 저마다 책만 열심히 보는 척했다. 이때 막내인 안정재가 두 언니의 어깨를 짚고 조심스레 말했다.

"저는 아버님의 영을 받드는 것이 옛 법도인 줄 압니다. 이 딸의 혼사는 아버님께서 허락하시면 그만이지 저에게 대답을 받을 필요는 없다고 생각됩니다."

두 언니는 막내의 말을 듣고 놀란 눈길로 안정재를 뚫어지게 보며 말리는 눈치였다. 그러다가 그녀들은 히죽 웃으면서 동생의 경솔함을 비웃는 듯했다. 하기야 어째서 늙은이에게 시집가려 하는지 안정재 본인도 잘 몰랐다. 아마도 아버지가 이 혼사를 추진하는 것이기에 아버지의 판단에 대한 믿음을 가지고 있기 때문이다.

또한 숙량흘 장군 같은 훌륭한 가문의 영웅에게 만족스러운 후대가 필요하다고 느꼈고 영웅을 위해 무엇이라도 희생하는 것은 가치 있는 일이라 생각했다.

이룡오로(二龍五老)에 기도하고 꾼 태몽에서 기린을 보다

젊고 예쁜 안정재와 우람한 장군 숙량흘은 마침내 결혼에 성공했다.

이들 부부는 달콤한 1년간의 신혼 기간을 보냈지만, 회음의 기미가 없었다. 큰 부인 시 씨와 딸들의 비방과 조소는 집안 분위기를 더욱 어렵게 했으나 숙량흘 장군의 위엄 때문에 어쩔 수는 없었다.

안정재는 매우 괴로워 장군께 말했다.

"송자파파가 용하다는데, 니산에 올라 아들 하나 점지해 달라고 기도하면 어떨까요?"

숙량흘 장군은 그녀의 말이 옳다고 고개를 연신 끄덕이고 다음 날 아침 일찍 니산에 갔다. 고금궁(高禖宮)에서 이룡오로(二龍五老)의 발밑에 무릎을 꿇고 앉아 송자파파에게 정성껏 치성을 올렸다.

그 후, 얼마 지나지 않아 안정재의 몸에 정말 소식이 왔다.

이 소식을 한밤중에 숙량흘 장군에게 말했다. 그들은 너무 기뻐서 밤새도록 잠을 이루지 못했다. 당시의 풍속은 이룡오로에게 성의를 표하기 위해 세 번 정성을 지극하게 드려야 한다.

이들 부부가 다시 산을 찾은 것은 이미 오뉴월로, 해가 불덩어리같이 대지를 지져 산 중턱까지 올랐을 때는 벌써 땀이 온몸을 적셨다.

안정재는 이미 6, 7개월이 된 임신부인 탓에 너무 더워 숨까지 쉬기 힘들어했다. 안정재는 가다 쉬다 하면서 고금궁에 오르기 시작했다. 고금궁에 닿을 무렵, 그녀가 고개를 들어 바라보니 산과 들과 시내와 마을이 한눈에 안겨 와 흉금이 탁 트이는 것만 같았다.

안정재는 큰 바윗돌에 기대어 서고, 그녀 옆에서 숙량흘은 옷깃을 헤쳐 넓고 두툼한 가슴에 마음껏 산바람을 맞으며 한 손으로 안정재의 허리를 휘감아 안았다. 또 한 손을 들어 멀리 있는 것을 가리키면서 어느 것이 태산이고, 어느 것이 문수(汶水)고, 어느 것이 황하이고, 또 자신이 임치(臨淄)에서 약속했던 일과 황하에서 말에게 물 먹이던 일을 들려주었다.

임신 10개월이 될 무렵, 안정재는 꿈을 꾸었다.

어슴푸레한 달빛 아래 선녀가 기린을 몰고 사뿐사뿐 걸어왔다. 그녀가 선녀 앞으로 다가갔다. 선녀는 '당신에게 아들을 가져왔습니다.'라고 하며 인사했다. 그 말에 기쁨을 금치 못하며 그녀가 선녀의 뒤를 보니 기린 등에 건실한 남자애가 앉아있어 안으려 하였으나 기린이 사라지는 바람에 비명을 지르면서 깨어나 자리를 차고 일어났다.

창밖을 내다보니 하늘에는 휘영청 밝은 달이 걸려 있었다. 주위에서 벌레 울음소리가 들려 왔다. 그녀는 무엇을 잃은듯하여 숙량흘 장군을 깨워 꿈 이야기를 들려주며 길몽인가 흉몽인가를 물었다.

"기린이 아들을 가져다주었으니 당연히 길몽입니다."

숙량흘 장군이 말했다. 이어서 안정재는 숙량흘 장군에게 "신선이 상원(桑園) 공지에 가서 해산하라던데…"라고 하자 "급해 마시오. 내일 알아보라 할 것이오."라고 했다.

이 소문을 시 씨가 듣고 더욱 질투하여 숙량흘 장군께 몹시 심하게 굴었다.

"당신 축하해요. 귀동자를 얻게 된다면서요. 신선의 가르침대로 상원 공지에 가서 애를 낳는다고요."

숙량흘 장군이 온화하게 응대했다.

"하늘의 뜻이야 어기지 못하는 법이지요!"

큰 부인 시 씨가 앙심까지 품으며 말했으나 안정재는 가정 화목을 위하여 모든 것을 참았다. 낭군님이 자기 때문에 더욱 많은 사람과 등지지 않게 하려고 조용히 해산하고 싶어 했다. 그래서 숙량흘 장군에게 부탁했다.

"나가서 해산하는 쪽이 나을 것 같아요."

"상원 공지라면 깊은 산속일지 모르는데…."

"저를 보내 주세요. 애만 낳고 오겠어요."

숙량흘 장군은 하는 수없이 아내를 달래고 하인들을 시켜 상원 공지를 찾으러 떠나게 했다. 하인들이 돌아온 후 안정재는 인근 마을의 한 초막에 세 들어 살며 이 초가가 상원 공지인 듯싶었다. 해산 날짜가 임박하자 제3차 치성을 드리기 위해 숙량흘과 함께 니산으로 갔다.

안정재가 상원(桑園) 공지에서 해산하다

성숙의 계절이요 수확의 계절에 온 천지에 오곡백과 무르익어 농부들은 기쁨을 안고 수확했다. 숙량흘 장군은 안정재를 부축하여 고금궁에 치성을 드린 후, 생기가 차고 넘치는 가을 벌판을 여행이나 하려 했는데 안정재가 갑자기 배가 아프고 숨이 막히는 듯, 목이 갈증이 나고 구토까지 했다.

숙량흘 장군은 갑자기 당한 일에 놀랐다.

"산기가 있는데… 이것을 어쩌한다, 빨리 하산합시다."

숙량흘 장군은 아내를 부축하여 절반쯤 하산했지만, 안정재는 걸음조차 떼기 힘들었다. 배는 째는 듯 아파졌다. 이마에서는 콩알만한 식은땀이 굴러떨어졌고 온몸이 녹초가 되었다.

숙량흘 장군은 앞에 있는 산에서 굴을 하나 발견하고 그녀를 부축하여 그리로 들어가게 하였다. 그리고 부인을 안정시키고 해산에 필요한 물품을 가지러 집으로 달려갔다.

공자가 탄생한 이곳이 아마 상원 공지인지도 모른다.

이곳은 숙량흘 장군이 아내를 위해 잠시 세를 살았던 마을로, 후세 사람들은 이 마을을 안모장(顔母庄)이라 한다. 공자를 해산했던 그 석굴을 곤령동(坤靈洞), 혹은 부자동(夫子洞)이라고 하며 성인이 탄생한 곳으로 전해지고 있다.

숙량흘 장군 일행이 집에 당도하자 하인들이 안정재를 방으로 모셨다. 안정재가 아기를 안아오라 하니 숙량흘 장군은 고개를 숙이고 어물어물하면서 안방으로 들어왔다.

아기를 안고 오지 않는 숙량흘 장군을 보자 안정재는 당황했다

"우리 아기 어디 있어요?"

"죽었습니다!"

숙량흘 장군의 말에 안정제는 놀랐다. 아기가 어떻게 죽을 수가?

"대체 어디에 있나요?"

숙량흘은 한숨을 쉬더니 나가버렸다.

안정재가 하인들에게 물으니 하인들은 착한 마님이 가여워 나리가 아기를 니산에 버리고 왔다는 사실을 알려주었다.

안정재는 그들의 말을 듣고 그만 정신을 잃었다가 좀 진정한 후, 니산으로 줄달음치니 하인들이 그녀를 부축하여 함께 갔다.

그녀는 니산을 올려다보고 낭군님과 제3차 치성을 드리러 갔던 것을 회상하니 마음이 몹시 괴로웠다. 헐떡거리면서 산을 오르자 멀리서

아기 울음소리가 들려왔다. 그녀는 심장이 덜컹하여 하인들의 부축도 뿌리치고 허둥지둥 아기의 울음소리를 향해 달려가면서 가슴이 찢어질 것처럼 아팠다.

"공구야!"

"가엾은 내 새끼야!"

울부짖는 소리가 니산 자락을 타고 온 천하에 들릴 듯 외쳤다. 드디어 아이를 찾은 안정제는 산자락에 버려진 핏덩이를 가슴에 끌어안고 산에서 내려왔다.

니산 기슭에 그대로 버려진 핏덩이를 찾는 이가 없었다면, 애끓는 어머니의 사랑이 없었다면, 공자는 없었을 것이다. 아버지의 뜻을 믿고 따르는 딸이 없었다면, 시 씨의 질투에도 가족 화합을 이루어 내지 못했다면, 공자는 없었을 것이다. 그를 낳고 길러낸 젊고 현숙한 숙량흘 장군의 셋째 부인 안정재가 없었다면, 후일 대성인 공자는 없었을 것이다.

그는 훌륭한 어머니, 안정재가 있었기에 가능했다.

니산 기슭에 울려 퍼졌던 고고한 울음소리는 인류 문명의 새로운 출발을 위한 위대한 소리의 울림이었다. 사람의 근본을 중히 여기고 자연의 이치를 존중하는 영원한 스승의 울림이었다. 새로운 시대를 열기 위해 오늘도 기대해 보는 고고한 울림, 니산 기슭에 울려 퍼진 고고한 울음소리는 세상을 깨우는 외침이었다.

안정재는 기뻤다.
문명 후에 큰 발자취를 남길 아들의 장래를 미리 보는 것만 같았다.
날 때부터 아는 자는 없다고 했지만,
총명한 두뇌와 학문적 탐구욕이 강한 공자였기에
후일 대 성현이 된 공자의 어린 시절은 특별했다.
그것이 바로 공자를 만든 원동력이었다.

소설 공자

제2장

어머니를 따라
노나라 서울 곡부로 가다

사랑과 질투 속에서 공리가 자라다

노나라 서울 곡부로 가다

예를 연습하고 역을 배우다

孔子

사랑과 질투 속에서 공니가 자라다

고고성을 울리며 이 세상에 태어난 공니의 앞날은 순탄치 않았다. 그날부터 분위기가 전혀 다른 두 감정의 세계, 어머니 안정재의 넓고 자애로운 모성애와 큰어머니 시 씨의 화염 같은 질투 속에서 살아가며 자랐다.

니산에서 아기를 되찾아 상원 공지라는 초가에서 한 달가량 살다가 집으로 돌아오자 큰 부인 시 씨는 평소의 그 성미를 가뭇없이 감추고 얼굴에 웃음꽃을 피워가며 숙량흘과 아이를 위하는 척했다. 나리께서 예순다섯 고령에 아들을 보셨으니 복이 넘쳐난다며 아양을 떨었고 어린 공니를 받아 안고 볼에 뽀뽀하며 입맞춤까지 했다. 그리고 '이룡오로에서 선사 받은 도련님이시니 절름발이 맹피보다 백배는 나으셔야지!'라고 하면서 공구의 얼굴을 뚫어지도록 바라보더니 '어마, 오른 눈이 왼눈보다 위로 붙었어. 아비 찍을 팔자네!' 하면서 소리쳤다.

시 씨의 이 한마디에 모두 놀라 서로가 멍하니 쳐다보았다. 도무지 이해되지 않았지만, 숙량흘 장군도 그 소리에 가슴을 부둥켜안은 채 비실거리며 방으로 들어갔다. 안정재는 속으로 치밀어 오르는 불덩이를 가까스로 누르며 가시 돋친 말로 되받아쳤다.

"형님! 이 애는 우리 집 후손입니다. 나리께서 요즘 가슴앓이가 도지셨는데, 너무한 말씀 아닌가요?"

"믿지 못하겠으면 두고 보면 알 거 아닌가. 이 애가 있는 한 이 집안이 잘 될 날 없을 걸!"

그리고 시 씨는 몸을 획 돌려 나갔다.

그녀는 참으로 간악하고 야박한 여인이다. 얼굴에는 살기가 등등하고 심보는 독사보다 더 독해서 뱃속에는 온통 심술 넝쿨로 가득 차 질투의 불길이 사시장철 세차게 타오르고 있었다.

안정재가 임신했을 때부터 시 씨는 70이 다 된 숙량흘 장군의 수명이 얼마 가지 못할 것을 예견했다. 이를 빌미로 아비 꺾을 팔자라는 죄명을 이들 모자에게 들러 씌워 사경에 처하게 하려 마음먹었다.

해가 가고 달이 오니 세월은 어느덧 공니가 3살이 되었다. 그는 총명하고 오성이 빠르고 활발하고 귀여웠다. 안정재는 늘 그런 공구와 맹피를 데리고 노래를 가르치며 자신의 상처받은 마음을 달랬다.

산앵두꽃 활짝 피었네

꽃받침 한 가지에 빛을 뿌리니
세상 사람 모두 겪어보아도
형제보다 친한 이 어디 있으랴

죽음의 이별 아무리 무서워도
의지한 형제가 제일 부러운 것
고원과 습지에 무덤이 모일지라도
형제의 보살핌엔 진심만이 나타난다네.

맹피의 생모는 1년 전, 시 씨의 학대에 못 이겨 자살했다.

안정재는 맹피를 자기 친자식처럼 알뜰히 보살피며 이 옛 시로 두 형제가 아기자기하게 살도록 서로 이해하고 서로 돕게끔 이끌어주었다. 그런데 안정재가 근심하고 두려워하던 일이 끝내 일어났다.

이 해 10월, 숙량흘 장군이 갑자기 병사했다. 그의 죽음은 너무나 돌발적이었기에 임종 시에 안정재에게 세 마디 말밖에 남기지 못했다.

"당신 수고했소. 큰 애를 당신이 키워주세요. 이곳은 당신이 살 곳이 못 되니 애들 데리고 친정으로 가세요."

이 세 마디 말마저 똑똑히 할 수 없어, 이마저 다 하지 못한 채 눈도 감지 못하고 불쌍한 처자와 이별했다.

안정재는 눈물마저 말랐고 목까지 쉬었으며 속이 갈기갈기 찢어져 앞으로 살길이 막막했다.

시 씨는 그런 안정재를 입관도 지켜보지 못 하게 하고 출상도 못 하게 했다. 공구가 극부(克父) 했고, 안정재의 요염술이 숙량흘을 죽였다며 두 손으로 허벅다리를 치고 두 발로 땅이 꺼지라! 탕탕 차며, 살기가 등등했다. 눈물 콧물 범벅이 되어 안정재를 향해 "바람둥이 년, 요녀, 여우 귀신, 더러운 년, 낯짝 두꺼운 년" 등등 입에 담을 수 없는 욕이란 욕은 다 들먹이며 욕질을 구정물 퍼붓듯 했다.

얼마가 지나서 집안사람들과 어른들의 압력으로 억지로 출상을 했는데, 시 씨는 또 안정재를 장례에 참여하지 못하게 했을 뿐만 아니라 문밖에도 나가지 못하게 했다. 안정재는 17세 묘령에 시집오고 얼마 되지 않아 신랑이 죽어 청상과부가 된 신세라 풍속에 따라 으레 피해야 했기 때문에 숙량흘 장군의 산소를 모르고 있었다. 다만 이웃인 만부랑(曼父娘)은 안정재의 처지를 매우 동정하고 안정재와 평소의 깊은 우정으로 공 씨네 제사를 돕기도 했기 때문에 숙량흘 장군이 숨질 때부터 시작하여 입관할 때까지 수고를 많이 했다.

장사를 치른 후, 시 씨는 안정재 모자에 대해 갖은 학대를 가했는데 처음에는 안정재가 음탕했기 때문에 낭군님이 죽었다고 퍼붓다가, 그 후에는 안정재가 일찍 바람피웠기에 첩으로 들어오게 되었다고 했다. 그녀는 집안에서만 욕하는 것이 아니라 동구 밖에까지 나와 까마귀 같은 주둥아리를 놀려댔다. 안정재는 매일 치욕과 눈물 속에서 나날을 보내는데, 하루는 공구가 아홉째 누이와 함께 놀 때 시 씨가 다가와 딸의 따귀를 후려갈기며 딸에게 말하기를 '앞으로 이 잡종 새끼와 놀아선 큰일 난다.'라고 했다.

안정재는 우물가에서 쌀을 씻다가 그 광경을 보고 칼로 심장을 도려

내는 듯, 자기도 모르게 우물 속에 함지박을 떨구니 함지박은 두 동강이 났다. 그날 그녀는 절망 끝에 마을 밖 요하에 나가 물에 뛰어들어 그 치욕을 깨끗이 씻어버리려고 마음먹었는데 갑자기 그녀의 눈앞이 환해지며 숙량흘 장군의 혼령이 나타났다.

"안정재야! 너무 따지지 마시오. 반드시 공구를 잘 키워 훌륭한 사람 만들어야 해요. 그런 다음 내 곁으로 돌아오시오!"

평시와 같이 힘차고 우렁찬 목소리로 말했다. 눈물을 닦고 자세히 보려 했으나 어느덧 그 혼령은 사라졌고 쓸쓸한 강바람에 파도만 하늘하늘 퍼져 나갔다.

이때 어디선가 침통하게 "어머니!" 하고 달려오는 공구를 안정재는 두 팔을 벌려 꽉 끌어안고 울었다. 공구가 어머니의 눈물을 닦아주면서 '어머니 상심하지 마세요!'하고 달래니 안정재는 이 순간 무궁무진한 힘이 솟구치는 것만 같았다. 낭군님은 갔어도 아들을 잘 키워야 한다는 굳은 마음에 아들만 옆에 있으면 무엇인들 두려울 것이 없다고 생각했다. 바람에 흩날린 머리를 정리하고 하늘을 향해 세 번 절하고 아들을 안고 의젓이 돌아왔다.

노나라 서울, 곡부로 가다.

곡부성은 노나라 서울이다. 남북으로는 5화리이고 동서로는 7화리가 된다. 화리는 중국 화북, 화동 지구에서 쓰이는 길이 단위다. 성안의 주공(周公) 묘 일대에는 누각이 울긋불긋 수림을 이루어 노나라의 정치 중심지였음을 말해 주는 곳이다. 곡부성의 서북부와 동북부는 서민이 거주하는 지역이고 도시 한복판은 역시 번화하다.

안정재는 추읍(鄹邑)에 가서 만부랑의 도움으로 그녀의 집과 벽 하나 사이에 있는 3칸짜리 초가를 세 얻었다. 맹피와 모자가 서로를 의지하며 살았다. 이것은 전에 만부(輓夫) 모자가 생계를 위해 곡부로 가게 되어 헤어질 때 안정재의 손을 잡고 울면서 '동생 모든 일을 너그럽게 생각해. 하느님은 눈먼 참새도 굶겨 죽이지 않을 거야. 그 집에서 살아가지 못하면 공구를 데리고 곡부성으로 오게. 거지가 되어도 우리 자매로 친구 하세!'라고 했기 때문에 이 낯익은 이웃을 찾아 왔다.

친정 부친 안양(顔襄)은 딸이 아이를 데리고 곡부성에 살길을 찾아 왔다는 소식을 듣고 갖은 방법을 써서 거처를 찾아 데려가고자 했지만, 딸은 아비의 호의를 거절하였다. 그녀는 자기의 두 손과 땀으로 아들을 키우고 쓸모 있는 사람으로 성장시키겠다 마음먹었다. 문 앞 황무지를 개간하여 오곡과 채소를 심고 근근이 살아가는 바탕으로 삼아, 빨래와 삯일을 맡았고 겨울철에는 긴 밤을 새워가며 등잔 아래서 짚신을 엮어 시장에 내다 팔아 푼돈을 마련하였다. 근근한 살림이지만 자유롭고 행복하게 지냈다.

만부는 공구가 오자 짝꿍이 생겼다고 기뻐하였다. 만부는 공구보다 몇 살이나 위였기에 속에는 영감이 들어찬 놈이 되어 늘 공구를 데리고 주공 묘에 가서 놀았다. 하루는 두 짝꿍이 합장 놀이에 열중하고 있을 때 갑자기 북소리, 꽹과리 소리를 울리며 많은 사람이 장엄하고 엄숙한 모습으로 들어왔다. 만부는 공구와 함께 서쪽 행랑에 숨어 그들을 주시하였다.

그는 공구에게 '조상 제사이니 재미있겠다.'라고 말했다.

공구는 누구의 조상이냐고 물으니 '누구든 제를 지내면 바로 그의 조상이야! 말하지 마! 저 사람들 온다.'라고 하며 공구더러 잠자코 있으라고 했다.

사당 안으로 검은 예복 차림과 검은 모자를 쓴 몇 사람이 들어갔고 제사에 쓸 그릇들을 대청 모퉁이에 내려놓았다. 정(鼎, 솥), 내(鼐, 가마솥), 내(鼐, 그릇), 두(豆, 제기), 도마 그리고 통 소와 통 양이었다. 그리고 3세짜리 남자애를 조상으로 꾸며 제단 위에 앉혀 놓았는데 이를 시(尸, 신위)라 했다. 다시 말하면 조상을 대표하여 제사를 받는다는 뜻이었다. 그들은 창문 남쪽에 대로 짠 돗자리를 깔고, 아름다운 옥으로 장식한 탁상을 그 위에 놓고, 서쪽 벽의 동쪽에는 꽃무늬가 있는데 돗자리를 깔았다. 동쪽 벽의 서쪽에는 구름무늬가 있는 왕골 돗자리를 깔았고, 그 위에는 옥을 깎아 만든 장식품을 놓았고, 서쪽 사당의 남쪽에는 대 돗자리를 깔고, 그 위에는 색칠한 보통 탁상을 몇 개 놓았다.

그들은 또 둘도 없는 국보로 옥 그릇, 붉은색 보검, 아름다운 옥벽(玉璧), 옥규(玉圭)를 진열해 놓았다. 서쪽 면에는 무복(舞服), 대고(大鼓), 대패(大貝)를, 동쪽에는 활과 화살, 병장기를, 그리고 제단 앞쪽에는 정(鼎), 술잔(尊), 두(豆), 돈(敦), 변(籩) 등 청동기들을 진열해 놓았다.

자색 모자를 쓰고 창을 든 두 사람이 문 앞에 서 있고 검은색 모자를 쓴 네 사람은 양지극(二支戟)을 들고 철문 양편 층계 옆에 서 있었다. 동당(東堂)과 서당(西堂) 앞에는 삼첨창(三尖槍)을 든 사람 두 명이 서 있고 흰 모자를 쓰고 꽃무늬가 있는 옷을 입은 사람들이 손님들과 주요 관원들을 모시고 사당으로 들어갔다.

만부는 낮은 목소리로 공구에게 말했다.

"봐! 저 사람이 바로 노공(魯公)이야!"

"노공이 누군데?"

"우리를 지배하는 임금님이야!"

만부는 대전(大殿) 쪽에서 나오는 붉은 옷을 입은 세 사람을 가리키며 말했다.

"대고(大圭)를 든 사람이 태보(太保)이고, 대모(大母)와 잔을 들고나온 사람은 태종(太宗)이고, 서책을 들고 나온 사람이 태사(太史)야."

태사는 서책을 들고 서쪽 층계로부터 단서포대(丹楹露臺)로 향하여 노공 앞에 와서 아주 느리고 정중하게 한 글자 한 글자씩 천천히 말했다.

"즉위한 왕이시여! 제가 선왕(先王) 임종 시 유언을 전하겠나이다. 당신이 군주가 되시어 주방노국(周邦魯國)을 다스리게 될 것이니 문무지도(文武之道)의 통치로 보답하여 주시기를 바라나이다."

노공이 큰절을 올리고 황공한 듯 말했다.

"이 보잘것없는 몸이 어이 천하를 다스리고 천위(天威)를 떨칠 수 있겠나이까?"

노공은 천천히 앞으로 세 발 걸어나가 술 한 잔을 따라 향초(香草)에 부으니 그윽한 술 향기가 온 대전(大殿)에 서서히 풍겼다. 그는 또 한 잔을 따라 바닥에 부었고 세 발 물러서서 또 말을 이었다.

"군왕이시여! 이 술을 드시옵소서!"

노공은 술잔을 태보에 넘겨주고는 층계 따라 내려가 손을 씻고 옥으로 만든 술잔에 술을 부어 제인에게 주었는데 이것으로 노공의 답례는 끝났다.

층계 위에 있는 사람들이 동서로 나뉘어 내려오고, 제후의 군주들은 문 앞에서 기다리다 대제(大祭) 의식이 끝나자 너도나도 조근옥규(朝覲玉圭)를 들고 올라갔다. 그들이 공물을 바치며 큰절을 올리자 노공은 다시 층계에 올라가 답례를 했다.

서쪽 행랑에서 훔쳐보던 공구는 이 장엄하고 굉장한 정경을 목격하고 어리벙벙해졌다. 비록 어린 나이에 무엇이 예인 줄을 몰랐지만, 마음에는 예라는 것이 깊게 새겨졌다. 갑자기 큰어머니 시 씨의 흉악한 얼굴이 떠올랐고, 어머니의 선량하고 웃음 짓는 얼굴도 떠올랐다. 어렸을 때 배웠던 산앵두 노래(堂棣歌)도 생각났다. 어렴풋이 아버지의 털보 수염과 녹이 낀 갑옷들이 떠올랐을 때 어디에선가 들려오는 고악 소리가 공구를 사색 속에서 깨어나게 했다.

한 무리 악공(樂工)들이 편종(遍鐘), 편경(遍磬)을 두드렸고 손(塤)과 생황(笙)을 불었다. 그러자 몇십 명의 여인이 날씬한 허리에 가볍고 투명한 비단옷으로 하늘거리며 땡땡- 하고 고리와 비녀를 두드리면서 사뿐사뿐 춤을 추니 그곳에 모인 귀족들은 모두 소박한 옛 노래를 불렀다.

우리의 선조 제사는 경이롭고 두렵도다.

각종 예의 틀에 맞아

한마디 말에 제사는 성공하고

선조 은사(恩賜)에 효성 지극한 후손들 복 많이 받고

향기로운 제물 맛있게 향수하네.

향기로운 제물 신령들이 즐기거늘

선조들의 음덕 만복하여라.

정해진 시기 정해진 법도

정중하고 존경스러워

옳고 바르게 잘 다스려져라.

후손에게 영원히 평화의 복 전해지리.

복록 더욱 많다네. 무수하게 많다네.

이 노래 가사가 한 음률에 맞추어 반복적으로 영창되니, 공구는 들
을수록 재미가 있어 저도 모르게 따라 부르다 몹시 흥분하여 목소리가
점점 높아졌다. 자기도 모르게 손뼉 치며 박자까지 맞추며 노래하고
춤까지 추는 바람에 만부는 다급해졌다.

"중니야! 저 사람들에게 발견되면 너는 죽어!"

자기 옆에다 공구를 눌러 앉혔다.

"죽기는 왜 죽어, 저 사람들이 얼마나 예의 있고 선량하다고!"

"넌 몰라. 저 사람들은 우리와 딴 판이야."

"왜 딴 판이야. 다 같은 사람인데!"

만부는 공구의 질문에 대답할 수 없었다. 공구는 '형이 알려 주지 않으면 집에 가 엄마한테 알려 달라 할 거야.'라고 속으로 뇌까렸다. 제사를 다 보고 집으로 돌아온 공구는 곧장 엄마에게 달라붙어 이것저것 끝없이 물어보았다.

"공구야! 엄마가 매일 이야길 하나씩 들려줄게. 반드시 기억해야 해."

안정재는 아들이 무척 배우고 싶어 하는 것을 느껴 다짐을 받았다.

"좋아, 좋아!"

공구는 너무도 좋아서 토끼처럼 깡충깡충 뛰었다.

이렇게 안정재는 매일 같이 아들에게 이야기를 들려주었다. 자신이 책에서 읽은 것과 친정아버지에게서 들었던 이야기들이었다. 반고의 천지개벽과 여와가 하늘을 기운 이야기로부터 시작해서 천명현조, 하늘에서 제비에게 명하여 상(商)나라 조상을 낳았다는 시경이며, 강원이(姜嫄履) 대인의 발자취로 주(周)왕을 낳게 된 것 등, 지금까지 아는 모든 이야기를 들려주었다. 또 요순의 선양(禪讓)과 대우(大禹)의 치수나 문왕(文王)이 역(易)을 설교한 이야기 등 많고 많은 이야기를 들려주었다.

하루는 어머니가 공구에게 주공(周公)이 훌륭했던 옛날이야기를 들려주었다. 공구는 귀를 기울여 듣다가 작은 주먹을 꼭 쥐고 흥분했다.

"엄마, 나도 크면 주공과 같은 사람이 되고 싶어!"

안정재는 너무도 기뻐 아들을 안고 입으로 볼까지 맞추었다.

"기특한 우리 아들, 그럼 그렇지!"

감동한 그녀는 행복한 눈물을 주르륵 흘렸다.

이튿날 저녁, 안정재는 앞뜰에서 김을 매고 있는데 갑자기 만부의 어머니가 만부를 꾸짖는 소리가 났고 만부의 울음소리가 들려왔다.

"아줌마 어서 와 보세요!"

안정재는 속이 뭉클해서 손에 일감을 놓고 달려가 보니, 만부의 어머니가 만부를 부지깽이로 볼기를 치며 꾸짖고 있었다.

"애만 먹일 거면 죽어버려!"

안정재는 그녀의 손에서 부지깽이를 빼앗았다.

"형님! 애를 이렇게 타이르면 안돼요!" 하며 말렸지만 듣지 않았다.

"두 개구쟁이 추한 꼴 좀 봐!"

만부의 어머니는 또 아들을 때리려 하자 공구가 놀라서 앞에 나서면서 말했다.

"큰어머니! 제가 한 짓이에요. 형은 아무 상관 없어요!"

안정재는 공구를 보더니 매우 놀랐다. 만부와 함께 옷과 얼굴이 흙범벅되어 있었다. 안정재는 속으로 걱정하며 무슨 큰일이라도 저지른 것인가 했다.

'홀어미 아들이라서 그런가!'

안정재는 공구를 앞으로 당겨다 물었다.

"왜 흙범벅이 되었니?"

공구는 아무 말 없이 눈물을 주르르 흘리며 안정재의 머리를 끌어안았다.

"애야! 바르게 말해. 엄마는 때리지 않을게."

안정재는 부드럽게 공구에게 말했다.

"저거 보셔요."

공구는 손으로 남쪽 뜰에 있는 담장 옆을 가리켰다. 안정재가 다가가 보니 놀라지 않을 수 없었다. 예쁜 예기 그릇들이 놓여 있었다.

그녀는 흐뭇하여 그릇들을 몇 개 들고 살펴보았다. 애들 솜씨가 대단했다.

안정재는 만부 어머니를 불렀다.

담장 옆에 배열해 놓은 것들은 정(鼎), 귀(簋 참대로 만든 제기), 보(簠 둥근 대그릇), 소(筲 물건 얹는 그릇), 판(盤 접시), 호(壺 주전자), 두(豆), 치(卮 술잔), 이(匜 손대야, 양치그릇)였다. 이를 보니 예기 가게인지 수공예품 가게인지 모를 정도였다. 만부와 공구는 안정재가 기뻐하는 것을 보고 시름 놓고 달려갔고 매우 흥미롭게 말했다.

"우리는 흙으로 예기 만드는 놀이를 했어요."

"아니야, 제례를 배운 것이야!"

만부의 말에 공구는 바로잡아 주듯이 말했다.

공구는 말을 마치고 나서 제례의 동작인 일진삼퇴보(一進三退步)와 삼배구구(三拜九叩)를 해 보였다. 그의 참되고 엄숙하고 근사한 표정에 안정재는 폭소를 터트렸다.

안정재는 자애롭게 두 아이의 머리를 쓰다듬으면서 말했다.

"제례를 배우는 것은 잘못이 아니다. 그러나 옷을 너무 더럽혔어. 내가 도자기로 만든 제기들을 사다 줄 테니 가지고 놀아라!"

"신난다. 아줌마가 제일 좋아!"

만부는 너무도 기뻐 안정재의 품에 안겨 목을 끌어안고 재롱을 부렸다.

만부 어머니는 아들에게 따귀를 때리고 소리를 질렀다. '또 한 번만 더 까불어 봐라!'라고 고래고래 소리치니 안정재는 '애가 잘못한 거 없어요.'라고 하며 만부를 두둔했다. 그러나 만부 어머니는 여전히 노기등등 했다. 안정재는 대수롭지 않은 듯이 만부 어머니의 손을 잡고 댓돌 위에 앉아 시간 가는 줄 모르고 많은 이야기를 나누었다.

"우리 둘 모두 불행한 사람입니다. 모두 홀어미예요. 우리 자식들이 출세하기를 원하고요. 그래서 애들이 잘못을 저질렀을 때, 반드시 옳고 그름을 판단하는 기준이 도리에 맞는가를 가르쳐야 된다고 생각해요. 우리의 성질대로 할 것이 아니지요. 형님, 생각해 보세요. 아이가 제례를 배우는 것이 어떻습니까? 싸우고 욕하고 담장이나 나무 위에 오르는 것보다 낫지 않겠어요? 수박이나 대추를 훔쳐 먹는 것보다 몇 배 낫지 않을까요?"

만부 어머니는 안정재의 몇 마디 옳은 말에 분이 삭아서 변명조로 말했다.

"이 개똥 성질 좀 봐. 동생 말이 옳아!"

안정재는 또 말했다.

"애들은 한창 놀이를 즐길 때예요. 우리 때문에 애들이 애늙은이가 되도록 해서는 안 돼요. 애들과 함께 놀아 주어야 합니다. 함께 놀면서 함께 학문을 늘려나가요."

만부 어머니는 의아해하며 물었다.

"어떻게 애들을 데리고 놀아?"

"그래도 우리가 데리고 놀면 저 정도로 흙 범벅이야 되겠어요?"

안정재가 말을 이으니 만부 어머니는 또 물었다.

"학문을 어떻게 늘려나가, 나부터가 일자무식인데!"

만부 어머니의 말에 안정재는 웃으면서 말했다.

"그래요. 아이들에게 학문을 늘려나가자면 우선 어머니가 유식해야 하겠지요."

"나는 때리는 학문밖에 없는데 때릴 줄 아는 건 매 밖에 없어. 때릴 때는 엉덩이를 때려야 하거든 때려도 뼈 안 상하게."

"하하하"

안정재는 폭소를 터뜨렸다.

"형님, 때리는 학문이 대단하네요!"

만부 어머니는 안정재가 폭소하는 바람에 쑥스러워 픽- 하고 웃어버렸고 서로 웃다가 또 화제를 돌렸다.

"주례야말로 학문이 대단한 것이에요. 주공이 창조한 것인데 우리나라가 바로 그의 영지에서 살 거든요. 주공묘(周公廟)는 그의 아들 백금(伯禽)이 제사를 지내기 위해 건립했어요. 그는 성왕(成王)을 위해 나라를 태평하고 부유하게 다스렸거든요. 그래서 백성들은 앞을 다투어 그를 존경해 오고 있는 것이에요. 그때는 지금처럼 서로 다투지도 않고요."

"얼마나 좋았겠어. 그렇게만 살 수 있다면 난 만족이야!"

만부 어머니가 덧붙여 말했다.

"옳아요! 그때는 다 주례의 규정대로 하고 함부로 하지 못했다 해요"

안정재의 우아하고 부드러운 목소리는 마치 자석 같아서 공구와 만부네 모자를 빨아들이는 것만 같았다. 그들은 밤이 깊도록 이야기꽃을 피웠다. 영원한 이상 세계를 그려 보면서….

예를 연습하고 역을 배우다

며칠 후 안정재는 많은 도자기 제기를 사 왔다. 제사 지내는 방법과 내용물을 진설하는 것을 가르치기 위해서였다. 그녀는 자기의 옷을 찾아서 아이들의 예복을 만들어 입혔다. 여섯 살짜리 공구는 어머니의 자홍색 윗옷을 입었다. 너무 넓고 커서 발에 끌려 걸을 때는 휘청휘청하여 모두 웃음을 금치 못했다.

흥이 날 땐, 안정재도 어떤 역할을 맡았다.

제례인 번시(燔柴 불을 피우는 일), 헌작(獻爵 레기, 즉 잔을 드리는 일), 전백(奠帛 비단이나 전을 드리는 일), 행 삼배구구례(行三拜九叩禮 세 번 절하고 아홉 번 읍하는 예의), 독축(讀祝 축 읽기) 등을 함께 연습했다.

그러던 어느 날 점심 무렵, 공구가 맨땅에 앉아 수심에 잠겨 점심밥도 먹을 생각을 않았다. 어머니는 아들이 병에 걸렸는가 싶어 다가가 머리를 짚어보면서 물었다.

"왜 그러니! 어디 불편한 데라도 있는 게야?"

"어머니 전 괜찮아요. 아프지 않아요."

"그러면?"

공구는 혼자 무슨 일을 골똘히 생각하는 중에는 어른들도 미처 생각해내지 못 하는 것들이 있었다. 이날도 공구는 뾰로통한 채 어머니에게 '어머니! 형은 글공부시켜 주면서 왜 제게는 안 시켜줘요? 형은 잘 해주고 나에게 박대하면 주례에 어긋나잖아요?'라고 하는 아들의 주례까지 연결한 뚱딴지같은 질문에 웃음이 터져 나왔다.

"넌 아직 어려. 서당에 가서 공부할 나이가 아니야."

"제가 아직 어린 가요?"

공구는 어머니의 대답에 반박하며 맹피를 일으켜 세웠다.

"보세요! 제가 형보다 키가 더 크잖아요."

아니나 다른가. 공구는 벌써 형인 맹피 보다 귀 하나 더 있었다. 물론 아들이 글공부하겠다니 어머니로서는 너무 기뻐서 당장 허락했다.

안정재는 200여 개 올챙이 모양으로 작게 만든 글자를 준비하여, 한 달 내에 읽고, 쓰며, 뜻풀이하고, 사용할 줄 알게 하려 했는데 어린 공구는 반나절도 못되어 다 해냈다. 안정재는 아들이 남달리 총명한 것을 보고 너무 기뻐 뛸 것만 같아 즉흥적으로 또 가르쳐 주었다.

공구는 어머니를 의도치 않게 골탕 먹였다. 안정재는 마치, 무능한 요리사가 식욕 많은 손님을 접대하듯, 허리가 부러지고 다리가 느슨해지도록 일해도 만족을 채워줄 수 없는 것 같았다.

글을 가르치기 시작한 지 10일도 지나지 않았다.

안정재가 공구에게 시문을 가르쳐 주었더니 공구가 갑자기 《주역》의 문왕 팔괘(文王 八卦)를 가르쳐 달라고 했다. 안정재는 너무 당황해서 공구를 타이르듯, 그 《주역》은 아무나 배우는 것이 아니다. 너의 외할아버지께서도 한평생 배우셨는데 아직도 못 다 배웠다. 그러니 너처럼 어린 나이엔 못 배운다고 했지만, 공구는 안정재의 말을 수긍하지 않았다.

"빨리 가르쳐 주세요."

공구가 애걸하다시피 졸라서 결국 안정재는 나무 꼬챙이로 땅 위에 그림을 그리며 《역》을 가르치기 시작했다. 팔괘(八卦)는 이런 몇몇 부호로 조성되어 있다. 차례 순서로 배열한 것을 입말이라 하고 운문으로 엮어 놓았다.

이를 보면 다음과 같다. 건(乾)은 세 개가 붙어 있고(乾連三), 곤(坤)은 여섯 동아리요(坤六斷), 진(震)은 머리든 사발이고(震仰盂), 감(艮)은 엎어진 사발이고(艮覆碗), 이(離)는 중간이 허하고(離中虛), 간(坎)은 중간이 꽉 차고(坎中滿), 태(兌)는 위가 모자라고(兌上缺), 손(巽)은 밑이 끊어졌다(巽下斷).

팔괘란 바로 다음과 같은 것이다.

건(乾), 곤(坤), 진(震), 손(巽), 간(坎), 이(離), 감(艮), 태(兌)다.

건은 하늘이요(乾爲天), 곤은 땅이라(坤爲地), 진은 우레요(震爲雷), 손은 바람이라(巽爲風), 간은 물이요(坎爲水), 이는 불이라(離火爲), 감은 산이니(艮爲山), 태는 연못이라(兌爲澤) 한다.

어머니의 말을 이어 공구가 또 물었다.

"팔괘는 어떻게 계산한 것이에요?"

"팔괘를 풀이할 때 시초(市草)를 사용한단다. 십 년이 되면 시초 줄거리는 백 개로 되고. 그중 천자는 시초 줄거리가 9자다. 제후는 8자요, 대부는 5자요, 사(士)는 3자야. 우리 가문 같은 집의 사람들은 5자의 시초밖에 되지 않아. 그리고 시초는 모두 50책(策)이야. 즉 팔괘의 변화 치수는 가지가 있다는 말이지. 49책으로 계산하면 두 몫으로 나눌 수가……."

라고 하자 공구가 어머니의 말을 뚝 잘라 앞질러 말했다.

"잠깐 기다려요."

그는 나는 듯이 뛰어나가더니 풀 가지를 찾아 꺾어왔다. 50가지를 만들었고 매 가지는 또 1치 남짓하게 꺾어 놓은 후 어머니에게 계속하자 재촉했다.

안정재는 구술하고 공구는 계산했다.

49책을 두 몫으로 나누면 하나가 남는단다. 그것을 한쪽에 두고, 기타 책은 4책을 한 조로 갈라놓고 나머지는 손가락에 끼워 넣고 다른 한 몫도 꼭 같은 방법으로 갈라 놓았다. 그리고 손가락 사이에 낀 풀 가지들로 풀어나가기 시작하면서, 이렇게 손가락 사이에 남은 가지들을 모아보면 아까 말한 것처럼 변화시키니 재변화되어 한 번 더 변화시키니 3변화가 되고 이 3변화가 효(爻)로 되었다.

매 괘에 8효가 있는데 초보적 효 변에는 6효가 괘를 형성하며 매 효에는 3번 변화를 형성하기 때문에 10중에서 8이 변화하여 괘를 형성한다.

안정재의 구술은 끝이 났는데도 공구는 계산하다 턱을 고이고 깊은 사색에 잠겼다.

안정재는 의아해서 공구에게 물었다.

"왜 계산을 멈추었니?"

"어머니가 이리 많이 알려 주셔서요. 사실 점법(筮法)이라는 것이 그 변화 치수가 50인데 실제 사용되는 것은 49이잖아요. 그것을 두 목으로 나누면 상수(象數)가 2가 돼요. 괘 하나에는 상수가 3개이면 빼놓았던 것이 4로 올라가요. 이때 손가락에 끼었던 것들을 기수에 귀결시키면 되고요.

상수는 나머지가 생기는데 5가 되면 또 나머지가 생김으로 또 손가락에 끼워 놓은 후 계산할 수 있어요. 건의 책(策)은 216이고 고의 책은 144가 됩니다. 그래서 모두 합치면 360 상수가 되어 10중 8이 변화하여 괘(卦)를 이루게 됩니다."

안정재는 아들의 말을 듣고 놀란 나머지 눈만 크게 떴고 천천히 일어나 비칠거렸다. 공구는 어머니의 비정상적인 표정을 보고 급히 일어나 그녀를 부축하면서 물었다.

"어머니 왜 그러세요. 제가 말을 잘 못 했나요?"

계속되는 질문에 안정재는 기뻤고 분명, 훗날 큰 발자취를 남길 아들의 장래를 미리 보는 것만 같았다. 날 때부터 아는 자 없다 했지만, 총명한 두뇌와 학문적 탐구욕이 강한 공자였기에 후일 대 성현이 된 공자의 어린 시절은 특별했다. 그것이 바로 공자를 만든 원동력이었다.

언제나 업무를 할 때나 승직할 때는 공평해야 한다.
처음에는 고개를 숙이고, 그다음에는 등을 급히고, 세 번째는 허리를 급혀야 한다.
길을 걸을 때는 담장을 의지하여 조심조심 걸으면
누구도 나를 욕하지 않고, 업신여기지 못하는 것이라 했다.

제3장

가난을 극복하고
청년으로 성장하다

아들의 성공을 위한 어머니가 희생하다
효의 실천을 위해 방목장에서 일하다
벽양대전에서 용감했던 아버지 이야기를 듣다
가정경제를 담당하는 어린 소년 공구
가보인 정(鼎)을 물려받고 집안의 내력을 알다
눈먼 어머니를 위해 직접 약을 구해 오다
유언을 남기고 떠난 어머니
계손대부 댁을 찾았다가 양호에게 박대 받다

孔子

아들의 성공을 위해 어머니가 희생하다

안정재는 아들을 와락 품에 끌어안고 나풀나풀 입술만 달싹일 뿐, 말은 한마디도 하지 않았다. 감격의 눈물을 샘물처럼 끊임없이 흘렸다. 그것은 위로의 눈물이요, 유쾌한 눈물이며 행복한 눈물이었다. 아들의 총명함과 무한한 능력을 보았기 때문에 그의 장래를 기대하게 하는 눈물이었다.

이때부터 공자는 역학(易學)을 사랑하게 되어 평생 심혈을 기울여 학문을 연구하는 계기가 되었다. 노년에는 역학을 예찬하고 연구하는 대학자가 되어 책을 꿴 가죽끈이 세 번이나 끊어질 정도로 읽었다. 갈수록 안정재의 지식으로는 아들의 질문에 만족을 줄 수 없었다.

그래서 공구는 외할아버지에게서 주역을 공부하기로 했다. 외할아버지 안양(顔襄)은 지식이 풍부한 훌륭한 학자였을 뿐만 아니라 고금의 학문에도 통달한 지식인으로 한때는 외지에서 벼슬하다가 귀향 후 제자를 받아들여 가르치고 있었다.

안정재의 지식은 모두 아버지에게서 배운 것이기 때문에 아버지의 해박한 지식은 공구의 호기심을 충족시킬 것이다. 특히 외손자도 친손자같이 생각하는 아버지였고 공구가 대단히 총명하여 외할아버지의 사랑을 독차지할 것으로 믿었다.

안양은 말년의 노쇠함도 아랑곳하지 않고 공구를 달갑게 받아들여 제일 마지막 제자를 만든 셈이다. 공구는 3년도 못 되어 천하에 명성을 떨친 박식 지사의 학문을 몽땅 털어갔다.

안양이 임종할 때 이 용모가 특이한 인재인 외손자를 가리키면서 불쌍한 딸 안정재에게 '유자는 오직 가르침이 있을 뿐이다! (孺子可敎也)' 라고 말씀하시며 돌아가셨다. 그 후, 안정재는 친정의 경제적 도움이 끊겨 두 아이를 공부시키기 위해 봄, 여름, 가을 세 계절에는 삯바느질과 빨래를 맡아 했고 겨울에는 새벽부터 젖은 부들 초로 신발을 만들어 팔았다.

어느 찬바람 몰아치는 한겨울 부들 초로 신발을 만드느라 열 손가락은 얼어 터져 갈라진 손가락 상처에서는 피가 배어 나와 심한 통증에 시달려야만 했다. 그러던 중, 눈보라가 휘몰아치는 저녁 무렵, 서교의 늪가에 가서 부들을 물에 적시다가 그만 연못에 빠졌다. 옷은 홑옷인데 엄동설한의 물에 젖고 불어오는 추운 광풍에 떨며 집으로 돌아오니 젖은 옷이 꽁꽁 얼어 갑옷같이 되어 걸을 때마다 덜거덕 거리는 소리가 났다.

그 후 그녀는 몇 달간 앓아 누웠지만 총명하고 영리한 공구는 눈치 채지 못했다. 안정재는 아껴 먹고 아껴 입어도 먹을 것이 없자, 돼지 뜨물 먹듯 배 채울 수 있는 것이라면 모두 먹으며 오직 두 아이를 공부시켜 출세시키기 위해 노력했다.

안정재의 병세는 날로 중해졌으며 현기증이 와서 쓰러지기도 했다. 하루는 공구와 맹피가 향학에서 돌아와 평소같이 문전 층계에 오르자마자 어머니를 불렀다.

"어머니 돌아왔습니다."

아무런 대답이 없자 공구는 불길함을 느끼고 문을 차고 들어가는 순간 놀래 자빠질 뻔했다. 아니나 다를까, 어머니는 부엌에 빳빳이 쓰러져 있었고 옆에는 깨진 토기 그릇 조각과 얼음덩이들이 여기저기 쏟아져 있었다. 흩어진 부들과 목판 위에 삼아놓은 신발들이 지저분하게 널려 있었고 옷은 흠뻑 젖어 있었다.

공자가 목을 놓아 울면서 이웃인 만부 모자를 불렀다. 함께 안정재를 들어서 침상에 눕혀 놓고 젖은 옷을 벗겼다. 그 사이, 만부는 집에 뛰어가 이불 한 채를 들고 왔다. 공구네 이불 두 채까지 합쳐 몽땅 안정재에게 덮어주었다. 만부의 어머니는 생강 물을 끓여 안정재의 입에 흘려 넣었고 이불까지 푹 씌워 땀을 내게 했다. 안정재는 이튿날 오전이 되어서야 차차 깨어났다.

만부 어머니 말에 의하면 언제부터인지 안색이 좋지 않아 의사에게 보이라고 했지만 아픈 데가 없다고만 했단다. 밤낮없이 일만 하며 밤을 지새우기를 하루 이틀이 아니고, 먹는 것이라고는 개죽이나 돼지죽 같은 것이었으니 강철로 만든 사람이라도 배겨내지 못했을 것이라 했다.

만부 어머니는 이렇게 말하고 나서 옷깃으로 젖어난 눈곱을 닦았다. 공구는 연 사흘간 학교에 가지 않고 어머니 병간호를 했다. 그는 어머니 곁에서 약도 달이고 밥과 물도 입에 떠 넣어드렸다. 그는 이제서야 어머니의 나이가 겨우 30세를 넘겼음을 깨달았다. 눈언저리엔 주름살이 가득 피어 있었고 귀 밑머리까지 새하얘져 광대뼈는 툭 삐져나와 있었다. 아래턱은 홀쭉해졌고, 얼굴은 까무잡잡해져 홍조는 가뭇없이 사라진 것을 발견했다. 가난에 고생한 세월의 풍파를 겪을 대로 겪은 모습을 보았다.

그는 몇 번이고 어머니의 거친 손을 만지면서 눈물을 흘렸다. 소나무 껍질처럼 터들터들하고 억세진 손이었다.

그의 눈물은 강한 결심의 눈물이었다. 하루빨리 출셋길에 올라 어머니 은덕에 보답하려는 눈물이었다. 북해보다 더 깊은 마음속 주름살을 펴주려는 눈물이었다. 그러나 그는 자기를 더욱 원망해야만 했다.

그는 당당한 사나이로서 어머니를 위해 한 일이 없음을 원망해야 했다. 집안 살림을 담당하지 못한 자기를 원망해야만 했다. 밤낮 공부만 한 자신을 원망해야 했다. 오늘에야, 어머니께서 많이 늙으신 모습을 보고 나이와 어울리지 않는 노쇠함을 발견한 자신이 원망스러웠다. 아들로서 응당 해야 할 의무와 효성을 다하지 못한 것이 원망스러웠다.

어머니와 외할아버지한테서 배운 허다한 지식과 도리를 쓰지 못하고 배우기만 하고 행동하지 못하는 것이 원망스러웠다.

그는 이제부터 공부만 하지 않고 만부 형처럼 일하면서 공부하기로 했다. 그래서 돈을 벌어 어머니를 공양하여 편안하고 유쾌하게 살도록 하려고 마음먹었다. 그는 어머니가 자기 생각에 찬성하지 않으리라 예상하고, 병중에 계시는 어머니를 상심시키지 않기로 했다. 공구는 자기를 희생해서라도 어머니를 돕기로 했다. 그것이 비록 거짓말이 될지라도 실행시키리라 마음먹었다.

효의 실천을 위해 공구가 방목장에서 일하다

안정재가 병이 나서 누운 지, 네 번째 되는 날 공구는 어머니의 성화에 못 이겨 학교에 갔다. 그러나 그는 학교가 끝나고 곧바로 집으로 돌아와 채소밭에 물을 주고 가축우리를 돌보며, 닭 모이도 주었다. 부엌에 불을 때며, 마당을 쓸고, 밤이면 어머니와 함께 짚신도 만들었다. 어머니는 예전처럼 공부에 열중하지 않는다고 나무랐지만, 그는 빙긋이 웃으면서 지금은 휴식 중이라고 둘러댔다. 학교에서 온종일 책만 보아 머리가 흐리터분하다고도 했다.

일하면서도 문제를 풀고 책도 외울 수 있다고 하며 몸집이 크고 기운도 있어 무엇이든 근사하게 잘 해냈다. 일하는 속도도 빨라 안정재의 무거운 짐은 아들에 의해 많이 덜어져 건강도 나날이 회복되었다. 안정재는 병중에도 한가하게 누워 있지 않고 일어나 아들의 옷을 만들어 새해에 입히려 했다.

이날 저녁 안정재는 새 옷을 다 지어놓고 공구가 오기를 기다렸다. 학교에서 돌아온 공구가 물을 길으러 지게 채를 짊어지는 것을 보고 불러서 손을 잡고 방으로 들어가 '구야! 어미가 새 옷을 기웠는데 어디 맞는지 입어 보아라.'라고 살며시 말하니 공구는 어머니가 특별히 기뻐하는 것을 보고 말할 기회가 왔다고 생각하여 말했다.

"어머니! 전 내일부터 학교에 가지 않겠어요."

안정재는 깜짝 놀라면서 기뻐하던 빛이 가뭇없이 사라졌다. 그러나 공구가 꿋꿋이 말을 이었다.

"향학(鄕學) 선생들은 속이 텅 비어 있어요. 외할아버지 만 분에 일도 못 따라갈 뿐 아니라 어머니 발뒤축에도 못 따라가는 것 같아요."

"허튼소리!"

안정재는 그의 말을 여지없이 중단시키며 못마땅한 눈길을 보냈다

"어린 나이에 그토록 자만하니 스승도 눈에 차지 않겠구나!"

"예! 옳아요. 선생들은 어찌나 게으른지 제문을 짓지 못하게 하며 일단 지어내면 눈을 부라리며 성질만 부려요. 향학에 들어간 후 저는 새 지식은 하나도 못 배우고 다만 배운 것을 공고히 했을 뿐이에요!"

맹피도 향학에서 공부하던 상황을 한바탕 불평하며 동생 공구의 진실을 증명했다.

"그래도, 안 돼! 학교에 가지 않고서는 어떻게 육예(六藝)를 정통할

수 있겠니? 육예를 정통할 수 없으면 어떻게 출중할 수 있겠어?"

안정재의 말투가 좀 부드러워졌지만, 향학에 충실해지길 요구했다.

공구는 자신의 계획을 어머니에게 말했다.

"만부 형한테서 말 수레 모는 재간을 배우면 되고, 나팔수한테서 음악을 배우면 되고, 훈련장에 가서 활쏘기를 배우면 됩니다, 바로 이런 것이 진실한 기술이에요. 향교 선생들처럼 텅 빈 이론만으로는 아무것도 해내지 못한다고 생각해요. 채찍 소리도 못 내어 우악스러운 말을 길들일 수도 없어 차라리 숙손 씨(叔孫氏) 집에 가서 목장 일을 배우겠습니다. 그 집에 많고 많은 책을 열람하면서 공부할 수 있습니다. 소를 몰고 목장으로 가서 공부할 수 있어요."

소는 풀을 뜯고 자신은 초원을 학당삼아 공부하겠다는 것이었다. 드넓은 광야는 학당보다 좋을 것이며 신선한 공기와 떠드는 사람 없는 자연에서 공부가 더 잘 될 것이라 했다. 이렇게 살다 보면 인생의 철리도 깨달을 수 있어 장래 사회 진출에 커다란 힘이 될 것이라고도 했다.

안정재는 차분히 마음을 가라앉히고 공구의 계획을 들었다.

가슴 깊이 열풍이 일어나며 눈시울이 젖어왔다. 그녀는 너무나도 잘 알고 있었다. 아들놈이 돈을 벌어 생계를 유지하기 위한 것임을 알았다. 자신의 부담을 덜어 주며 고생시키지 않으려는 것을 알았다. 학교를 중퇴하려는 이유를 그럴듯하게 엮어나간 것을 알았다. 아들이 다 컸구나 하면서도 그녀의 마음은 무한히 쓸쓸했다. 어미를 아낄 줄 아는 아들의 마음 씀씀이에 고마워 그저 마음에 위로가 될 뿐이었다.

아들의 말도 도리가 없는 것은 아니었다. 자신의 처지와 가정상황은 달라질 기미가 없었다. 다만 모든 것이 다 잘 되어 나갈 것만 같았지만 이것은 전혀 생각도 하지 말아야 할 일들이었다.

그녀는 한마디로 딱 잘라 말했다.

"구야! 이 어미는 너의 그 효성을 알겠으나, 우리는 그렇게 할 수 없어! 우리 공씨 가문은 귀족 출신이란다. 비록 지금은 쇠락하였지만 너의 아버지는 추읍 대부였고, 너는 그분의 아들이다. 그런 아들이 어떻게 천한 일을 하겠단 말이냐? 애야! 네가 출세만 할 수 있다면 이 어미는 아무리 고생스럽고 힘들어도 마음이 편하다."

안정재는 말을 마치면서 옷깃으로 눈물을 닦았다.

공구인들 어찌 자기의 신분과 어울리지 않는 것을 모르겠는가? 방목쟁이나 나팔수 등은 비천한 사람들이나 하는 일이란 것을 잘 알고 있었으나 현실은 이상과 달랐다. 가정이 쪼들려 솥에 밥 지을 쌀도 없는데, 어찌할 방법이 있단 말인가?

공구는 어머니를 설득하는 게 하늘의 별 따기라는 것을 너무나도 잘 알고 있다. 속수무책 속에 상책은 어머니를 속이는 수밖에 없었다.

결국, 공구는 숙손 씨네 소몰이가 되었다. 조건은 숙손 씨네 집에 있는 책을 마음대로 볼 수 있다는 것이다. 목동들은 모두 공자와 짝꿍 하여 방목하기를 원했다. 이유는 그와 함께 있으면 업신여기는 자가 하나도 없었기 때문이었다.

공구의 키는 6척 2촌이나 되어 키다리였다. 키다리로 명명되었을 뿐만 아니라 힘센 장수였다. 천문이나 지리와 같은 지식 등에도 모르는 것이 없었다. 영원히 못 다하는 이야기보따리가 있었다. 학교에 가 공부하는 것보다 배울 것이 더 많았다. 그렇기에 공구가 이르는 곳마다 목동들이 밀물처럼 모여들었다.

소와 양들이 꼬리에 꼬리를 물고 와 떼를 지었다.

봄은 행복한 사자로서 온화한 훈풍을 보내왔다. 따뜻한 햇볕과 취할 듯한 숨결을 가져왔고 봄의 신령인 뻐꾹새는 잠자고 있는 대지를 깨워 만물의 소생을 재촉하고 있었다.

"이랴! 이랴!"

농부들은 파종하기에 바빴다. 또한, 봄은 걸출한 화가여서 산들을 파랗게, 잎들도 파랗게, 꽃들은 빨갛게 물들여 놓아 봄이 깃든 사수(泗水) 강변은 생기가 넘쳐흘렀다.

꾀꼬리는 푸른 하늘을 박차며 날고, 뭇 새는 나뭇가지 위에서 노래를 부르고, 물고기들은 물에서 자유로이 헤엄치고, 개구리는 물결을 가르면서 합창했다. 푸른 버들은 제방을 더욱 푸르게 덮어 쌍쌍의 청춘남녀는 노래로 시절을 즐기고 정다운 부부는 손에 손잡고 들길에 줄을 섰다.

이때 더욱 눈에 띄는 것은 목동들과 푸른 강가 제방 뚝의 소 떼와 양 떼들이었다. 누렇고, 하얗고, 까만 놈들이 고개 숙여 풀을 뜯고 있어 마치 푸른 하늘에 둥둥 떠다니는 구름 같았다. 어떤 놈은 팔자걸음을 하고, 어떤 놈은 꼬리를 휘둘러 파리를 쫓고, 어떤 놈은 조용히 엎드려 눈을 지그시 감았고, 어떤 놈은 서로 달음박질을 하고, 어떤 놈은 암수가 어울려 한참 재미를 보고, 어떤 놈은 싸우고 있기도 했다.

목동은 저마다 편안하게 모래톱이나 잔디밭에 누워 자는 놈도 있고,

풀피리 부는 놈도 있고, 바둑놀이 하는 놈도 있고, 씨름하는 놈도 있었으나 장난을 치는 놈들이 대부분이었다.

벽양대전에서 용감했던 아버지 이야기를 듣다

공구는 이때 큰 버드나무 밑에서 책을 읽고 있었다. 그의 생각은 지식의 바다에서 노닐기도 하고, 자신을 향해 몸부림치기도 했다. 정신을 한곳에 집중하다가 자신의 존재까지 잃어버린 듯했다. 마음속에는 봄도, 사수(泗水)도, 소와 양도, 친구들도 없었다.

"사람 살려!"

갑자기 들려오는 비명에 공구는 깊은 생각에서 깨어나 고개를 들고 보니 한 열넷에서 열다섯 같은 목동이 한 마리 검은색 황소에게 쫓기고 있었다. 황소는 꼬리를 꼿꼿이 추켜 들고 네 굽을 치며 덤벼들어 한참을 뛰다가, 그 소년이 넘어지자 덮쳐서 소년이 두 바퀴를 돌고 쓰러지게 만들었다.

어느새 공구는 쏜살같이 달려와 검은 황소의 꼬리를 꽉 잡자 검은 황소는 뒤에서 사람이 자기를 습격한다는 것을 알아차리고 몸을 홱 돌려 공구에게 덤벼들었다. 공구는 잽싸게 두 손으로 그놈의 두 뿔을 꽉 붙잡으니, 그놈은 뻘겋게 달아오른 두 눈을 부릅뜨고 산이라도 무너뜨릴 기세였다. 겁에 질린 목동은 축 처져 땅에 멍하니 앉아있었다.

공구는 황소를 발길로 차고 나서 소리를 질렀다.

"안노야! 빨리 뛰어…"

안노는 정신이 들어, 기다구르면서 달아났다. 풀밭에서 공구와 황소가 서로 마주서서 버티고 때론 황소가 공구를 앞으로 밀기도 하고, 때론 공구가 황소를 밀기도 하며 서로 앞으로 뒤로 오가면서 십여 회를 겨뤘는데 무승부였다. 나무 위에 있는 아이들이 뛰어 내려왔고 물속에 있던 아이들도 기어 올라와 무리 지어 공구를 응원했다. 공구의 위풍이 대단하여 누구도 앞으로 나서지 못했다.

황소는 힘은 세도 꾀는 없어 공구가 뿔을 꽉 잡고 뒤로 물러서기 시작하니, 그놈은 공구가 맥이 빠져 물러서나 하고 긴장을 풀었다. 공구가 갑자기 획 돌아서면서 온 힘을 다해서 앞다리를 차니 황소는 무릎을 꿇고 끝내 땅에 엎어졌다. 그놈의 커다란 배는 풀럭풀럭하면서 고래숨을 쉬었다. 공구는 이때 소등에 뛰어 올라탔다. 목동들은 이때 벌떼처럼 몰려와 이구동성으로 소리쳤다.

"저놈을 때려 줘라! 호되게 벌해 줘!"

공구는 황소가 발악하지 않자 등에서 뛰어내려 황소가 저절로 일어서게 했다. 검둥이 놈은 공구를 보다가 눈알을 희번득거리더니 그대로 물러갔다.

목동 안노는 무릎을 꿇고 큰절을 올리며 목숨을 구해 준 구원자인 공구에 고마움을 표했다. 공구는 그를 부축하여 세우고 마땅히 해야할 일이라고 말했다. 아이들은 이때야 공구의 옷이 찢긴 것과 얼굴과 손에도 상처를 입어 피투성이가 된 것을 발견했다.

공구가 집으로 돌아가자 안정재는 놀라며 학교에서 다른 애들과 싸움질을 하다가 그 지경이 되었는가 했다.

공구는 어머니 안정재에게 오늘 일을 자세히 들려드리며 흥분을 금치 못했다. 검둥이 황소와 격투한 이야기는 당연히 학교에서 돌아오다 일어난 일이라고 둘러대며 사수 강변에서 방목한 진상은 말하지 않았다. 안정재는 흐뭇해하며 뜰 안의 돌걸상에 나란히 앉아 밤이 깊도록 두 손으로 아들의 얼굴을 꼭 움켜잡고 보고 또 보면서 칭찬했다.

"참 용감하구나! 너의 아버지를 닮았어!"

안정재는 흥이 나서 공구에게 숙량흘 장군의 벽양 전투 이야기를 들려주었다.

진 도공(晉悼公)과 초 공왕(楚共王)이 백위(伯位 옛날 벼슬자리)를 다투었던 노 양공(襄公) 10년 즉 기원전 563년에 있었던 일이었다. 진나라는 노(魯), 조(曹), 주(邾) 나라와 결탁하여 벽양을 침공했고 숙량흘은 노나라 귀족 맹헌자(孟獻子)의 부장으로 전투에 참여하여 숙량흘, 진근부(秦董父), 적호미(狄虎彌) 세 장수는 북문을 들이치라는 명령을 받았다. 그런데 닫혀 있어야 할 현문이 공중에 둥둥 떠 있는데도 진근부와 적호미는 별생각 없이 선두에 서서 용감하게 쳐들어갔다. 숙량흘은 맨 뒤에서 하나하나 결단을 하며 쳐들어가는데 숙량흘의 전차가 성문을 들이칠 때였다. "꽈르릉!"하는 소리와 함께 천근에 달하는 육중한 현문이 공중에서 떨어져 내려 숙량흘의 머리를 치려했다. 이것은 벽양성을 수비하던 자들이 쳐들어오는 적들을 현문에서 막으려고 작전을 짜 놓았다.

숙량홀은 이때 잽싸게 손에 들었던 병기를 놓고 내리 떨어지는 천근이나 되는 육중한 현문을 손으로 받쳐 들고 그는 목청을 돋워 외쳤다.

"빨리 철수하라! 함정이다."

진나라 군 주장(主將)은 급기야 철수령을 내렸다. 성안에는 북소리가 둥둥 울리고 적군들이 곧바로 뒤쫓아 위기일발의 순간이었다. 벽양대부 운반(妘斑)은 전차를 몰고 대군의 맨 앞에서 돌진할 때, 한 사나이가 현문을 받쳐 들고 있는 것을 보고 겁에 질려 움직일 수가 없었다.

'저 현문을 들자 해도 천근 힘이 없으면 들지 못한다. 만약 덤벼서 치고 나갔다가 저놈이 문을 놓는다면, 성 밖에서 독불장군이 되어 후원군의 지원을 받지 못하면 어떻게 싸운단 말인가!'

운반은 이렇게 생각하고 나서 전차를 세우고 보고만 있었다. 숙량홀 장군은 전군이 몽땅 후퇴하자 목청을 높여 소리쳤다.

"노나라 장군 숙량홀이 왔다! 성문을 나올 자 있으면 나오거라!

적병이 움직이지 않자 운반이 허리 굽혀 활을 재우고 있을 때, 숙량홀 장군은 현문을 위로 밀치고 나와 버렸다. 그러자 현문은 꽹음을 내며 닫혀 버렸다.

숙량홀이 군영에 돌아오자 진근부와 적호미 두 장수는 무릎을 꿇었다.

"우리 두 사람 생명이 당신의 두 팔에 달려 있었습니다."

공구는 어머니의 이야기를 듣고 감동되어 눈물이 글썽한 가운데, 어머니의 목을 끌어안고 흔들면서 애교를 떨었다.

"어머니! 아버지는 힘이 장사이고 엄청 용감했네요."

안정재는 매우 흐뭇해하면서 아들을 격려했다.

"너도 마찬가지야. 어린 나이에 검은 황소와 싸워 이겼지 않니!

두 모자는 기쁨과 행복 그리고 아버지와 남편의 무용담에 푹 빠져있었다.

가정경제를 담당하는 어린 소년 공구

그때부터 공구는 가정경제를 담당하기 위해 장사를 시작했다. 이상한 것은 안정재는 같은 수입인데도 생활은 하루하루 좋아졌다고 생각했다. 그렇게 아들이 몰래 벌어오는 돈으로 안정재는 자기도 모르는 사이에 편안해져 갔다.

어머니 안정재가 어찌 그 비밀을 알았으랴!

어느 날 햇살이 불처럼 내리쬐는 점심 무렵, 안정재는 아들이 학교가 끝나고 돌아오기를 기다리고 있는데 갑자기 거리에서 들려오는 음악 소리가 요란했다. 떠들썩한 소리에 사람들이 몰려 구경꾼들로 붐볐다. 만부의 어머니는 달음박질해 와서 안정재에게 대 귀족 후소백(后昭伯)의 집에서 잔치를 치른다고 알려주며, 그녀의 손을 잡아끌고 구경 갔다. 거리에는 구경꾼이 담장 위에까지 꽉 찼고 나무 위에는 개구쟁이 아이들이 가득 올라가 있었다. 성시를 이룬 마차 행렬은 호호탕탕하게 다가왔다. 깃발은 수림을 이루어 대단한 위풍이었다.

대 부대를 이룬 나팔수들은 억수로 떠들어대면서 다가왔다. 그들이 가까이 오자 눈썰미 좋은 만부의 어머니는 새납을 불고 있는 키꺽다리가 공구임을 제일 먼저 알아보고 깜짝 놀랐다. 공구는 얼굴에 땀투성이였고, 두 볼은 통통 부어올랐고, 몸을 자꾸 흔들며 주위는 아랑곳하지 않고, 새납 아구리를 위로 아래로, 때론 좌로 우로 향하여 불고 있었다. 그 모습에 사람들은 대뜸 공구가 새납수의 주역이라는 것을 알 수 있었다.

만부의 어머니는 부러워하면서 안정재에게 말했다.

"동생 저 봐. 공구가 얼마나 예쁘게 부는지. 소리도 잘 어울리네. 이 애는 무얼 하든 근사하단 말이야!"

안정재는 차마 더는 볼 수가 없었다. 머리가 띵~ 하고 앞이 캄캄해져서 두 다리가 맥없이 축 처지는 것 같았다. 눈은 뜨고 있어도 앞이 캄캄하여 담장과 가로수에 의지해 비칠거리며 겨우 집에 돌아왔다.

이날 공구는 집에 와 점심을 먹지 않고 해질 때쯤 전과 같이 죽간(竹簡)을 들고 집으로 돌아왔다. 그가 문턱을 넘어 들어오자 안정재가 다짜고짜 물었다.

"넌 오늘 뭐 하러 갔었니?"

"공부하러요!"

그러자 공구는 태연하게, 아무렇지도 않게 대답했다.

"왜, 점심밥 먹으러 안 왔어?"

안정재가 따져 물었다.

"선생님을 도와 문장을 베꼈어요. 점심밥같이 먹자고 하셔서 먹었어요."

"거짓말!"

안정재는 공구의 뺨을 후려치고 나서 계속 따졌다.

"후 씨네 잔치에서 새납수 한 거, 이 어미 눈으로 똑똑히 봤다. 그래
도 거짓말하겠니? 넌 이 어미를 속이고 또 어떤 짓을 했는지 빨리 말하
거라!"

공구는 난생처음으로 어머니에게 맞았다.

공구는 풀썩 땅바닥에 무릎을 꿇으며 어머니의 다리를 끌어안고 엉
엉 울었다.

"어머니! 어머니를 속인 이 불효자식을 호되게 벌해 주셔요."

어느 때 휴학하고 어떻게 방목 길에 들어서고 또 어떻게 마차 몰이
와 나팔수 노릇을 했고…. 하나하나 모두 말하며 용서를 빌었다. 그러
고 나서 그는 말했다.

"저도 이런 짓들을 하면 안 된다는 것을 뻔히 압니다만 어머니 홀로
고생시킬 수 없었어요. 평생 어머니가 저를 벌어서 먹일 수는 없잖아
요! 생계의 어려움을 안 뒤부터 제가 방관할 수 없어요. 큰 뜻을 품고
치욕을 참는 실례는 옛날 성인들 가운데도 있잖아요!"

그들 모자는 한 덩어리가 되어 얼마를 울었는지 모른다.

안정재는 자신의 팔자가 사나웠기에 낭군을 잃었다고 생각했다. 아
들까지 유리걸식하며 고생과 수모를 받을 대로 받는다고 한탄했다. 무
능하여 아들까지 먹여 살릴 수 없다고 자신을 원망하며 무정하게 아들
의 효성 어린 마음을 몰라주고 심하게 굴었다. 심지어 때리기까지 한
어미는 자격마저 잃어버렸다고 생각했다.

저세상 사람이 된 낭군 보기가 미안하고, 그의 분부와 희망까지 저버렸다고 생각되어 어린 공구의 갸륵한 효성마저도 원망스러웠다.

가보인 정을 물려받고 집안의 내력을 듣다

한참 지나서 공구가 울음을 그치고 어머니의 눈물까지 닦아주면서 위로해 주었다. 안정재는 멍하니 아들을 바라볼 뿐 아무 말도 하지 않다가 갑자기 장롱을 열어 정교한 작은 나무상자 하나를 꺼내었다. 그 안에서 붉은 비단 보따리를 찾아내어 몇 겹으로 싼 비단을 풀어헤쳤다. 그 속에는 놋 정(솥)이 하나 있었다.

공구는 의아해하며 난생처음 보는 이 솥을 가리키면서 물었다.

"어머니, 어디서 나신 거예요?"

"먼저 이 정에 세겨진 글을 읽어 보아라!"

안정재가 아들에게 영을 내리자 공구는 정을 손에 들고 읽어 내려갔다. 일명이루(一命而僂), 재명이구(再命而傴), 삼명이부(三命而俯)라 쓰여 있었다. 그리고 계속하여 살펴보니 '순장이주(循墻而走), 역막여감(亦莫餘敢). 모전여시(侮壇於是)라 했고 죽여시(粥於是), 이호여구(以糊餘口)'라 쓰여 있었다. 공구는 다 읽고 나서 의문의 눈길로 쳐다보자 안정재가 입을 열었다.

"글의 뜻을 알겠느냐?"

"이 뜻은요"

공구가 차분히 대답했다.

"언제나 임무를 접할 때나 승직할 때는 점점 공평해야만 한다. 처음에는 고개를 숙이고, 그다음에는 등을 굽히고, 세 번째는 허리를 굽혀야 한다고 했습니다. 길을 걸을 때는 담장을 의지하여 조심조심 걸으면 누구도 나를 욕하지 않고, 업신여기지 못하는 것이니 오직 이 정(솥)으로 죽을 끓여 기아를 달랠 뿐이라 했습니다."

공구는 뜻을 말한 후 또 물었다.

"대체 이 정의 용도는 무엇입니까?"

안정재는 아들에게 숙량흘 장군의 조상들과 가정 내력을 말해 주었다.

송나라 시조(始祖)는 위자계(微子啓)였다. 위자계가 죽은 후 동생 위자중(微子仲)이 즉위했다. 위자중이 바로 공구의 시조였으며 공구의 십오대 선조였다. 제11대 선조 송민공(宋緡公)에게는 아들 둘이 있었다. 장자는 불부하(弗父何)이고 차자는 부사(鮒祀)였다. 송민공은 죽으면서 왕위를 아들에게 넘겨준 것이 아니라 동생인 희(熙)에게 넘겨주었는데 그가 바로 양공(煬公)이었다. 부사는 불복하고 희를 죽여 버렸다. 양공이 죽은 후 규정대로 하면 장자 불부하가 즉위해야 했지만, 그가 동생에게 넘겨주었기에 부사가 즉위하고 송 여공(宋厲公)이 되었다. 불부하는 임금 자리를 동생에게 양보해서 그 명성이 천하에 널리 알려져 사람들은 그를 송대부(宋大夫)라 불렀다.

공자의 제7대 선조 정고부(正考父)는 겸손하고 공손했고 소박할 뿐만 아니라 고문까지 통달하여 그 이름을 날렸다. 그는 선후로 송나라 대공(戴公)과 무공(武公) 그리고 선공(宣公)을 도와주었다. 잘난 체하고 뽐내지 않으며, 사치하지도 않아 날이 가면 갈수록 겸손하고 소박했다.

이 정 위에 명문은 바로 그가 지은 것이다.《시경》중의 상송(商頌)도 그가 주태사(周太師)와 함께 교정한 것이라 한다.

공구의 제6대 선조 공부가(孔父嘉)는 송나라 사마(司馬)였고 한차례 궁정 정변에서 재상 화독(華督)에게 피살되었다. 그의 가신이 그의 자식을 품에다 안고 노나라로 피난을 떠났다.

공구의 부친 숙량흘 장군에 대해 말할 때, 안정재는 아들에게 또 벽양에서의 현문을 손으로 받든 영웅적 행동을 말해 주었고 밤에 제나라에서 포위를 뚫고 장흘(藏紇)을 구해 낸 벽양지전(逼陽之戰) 7년 후의 이야기도 해 주었다.

노 양공(襄公) 17년 제나라가 노나라 북부를 침략해서 방읍을 포위하고 있을 때 많은 사람이 성안에 있었는데 노나라 대부 장흘과 동생 장주(藏疇), 장가(藏賈), 그리고 숙량흘 등이었다. 노나라 군대는 장흘을 구원하러 갔으나 제나라군이 너무나도 강했기 때문에 장송(長松)까지만 가고 앞으로 더 돌진하지 못할 때였다. 숙량흘은 장주, 장가와 함께 철갑병 삼백 명을 거느리고 장흘과 함께 포위망을 뚫고 나가 여송(旅松)까지 들어가 호송해 주었고 노군(魯軍) 진지에서 또 방읍(防邑)에 들어가 진지를 지켰다. 제나라 군대는 오랫동안 공략했지만 함락할 수 없어 물러서야 했다.

"공구야! 이것이 바로 너의 집안 내력이고 너의 선조들이다. 그래, 너는 이 어미를 속이고 천한 노릇을 했으니 선인들 보기 미안하지 않

니? 백 년 후라도 어떻게 지하에서 뵐 수 있단 말이냐? 이 어미는 죽어
마땅할 죄를 지었다."

안정재는 말을 끝맺고 일어섰다. 동으로 만든 솥을 제대로 꽁꽁 싸
고 상자 안에 넣은 다음, 두 손으로 공손히 아들에게 넘기면서 아들에
게 당부했다.

"이것은 집안에 전해오는 보물이다. 오늘 이 어미는 너의 부친을 대
신하여 이것을 너에게 전한다. 선인들을 욕되게 하지 말고, 출세하여
고귀한 사람이 되어라."

안정재는 본래 허약한 데다가 종일 천식이 멎지 않았다. 그런데 오
늘 또 심한 자극을 받아 미움과 괴로움 그리고 자책감이 겹친 데다, 말
까지 너무 많이 해서 그녀의 지병인 천식은 더욱 심해졌다. 가슴에서
는 무엇이 올려 미는 듯, 입안에서 짠맛이 났다. 피를 토했다. 공구는
어찌할 바를 몰라 옆집 큰어머니를 급히 불러 왔다. 만부의 어머니는
곧장 안정재를 침상에다 눕혀 쉬게 하고 의사를 불러와 치료하게 했다.

눈먼 어머니를 위해 직접 약을 구해 오다

안정재는 침상에서 좀처럼 일어나지 못했다. 천식으로 인해 기침이
멎지 않았다. 기침할 때면 늘 각혈을 했고, 병세가 점점 심해지면서 양
볼이 빨갛게 부어오르기 시작했다. 그렇게 오후가 되면 열이 나고 밤

이 되면 땀투성이가 되곤 했다.

만부 어머니의 말에 의하면 이 병은 너무 지쳐 생긴 병으로 폐병인 것 같다고 했다. 죽음을 준비해야 할 것 같다고 했다. 하지만 공구는 어머니가 이렇게 빨리 돌아가시리라 믿지 않았다. 그는 사방으로 다니면서 의사를 찾고 어머니 병을 치료하기 위하여 밤낮없이 일했다. 그는 재간둥이며 힘이 또한 장사여서 막히는 일이 없었다. 돈을 벌 수 있는 일이면 아무리 천한 일도 가리지 않고 즐겁게 해냈다.

한 단계의 치료를 거쳐 안정재의 병세는 호전되었다. 그러나 심화(心火)가 치밀어 그녀는 두 눈을 실명하여 아무 일도 하지 못했다. 앞이 캄캄하여 고통스러웠지만 안정재는 오히려 태연했고 마음도 평온했다.

공구는 또 의사를 불러와 어머니의 눈을 고쳐주려 했다. 의사가 다녀간 후 안정재는 아무렇지도 않게 아들에게 말했다.

"이 어미 말 들어. 다시는 돈 쓰고, 약 사서 어미 눈을 치료하려 하지 마. 지금의 이 모양이 얼마나 좋으냐. 흑백을 가릴 필요도 없고, 시비를 가릴 필요도 없잖니. 눈에 거슬리는 것이 없으니 속이 편하다. 얼마나 조용한지 모르겠다.

내가 젊었을 때 사람들은 내 눈이 샛별처럼 빛나고 정기가 있다고 했지만, 나는 광명을 본 일이 없다. 언제나 내가 본 세상은 혼탁했고 암흑뿐이었다. 사실, 지금 세상에선 백치가 제일 행복한 것 같다. 욕망도 없고, 목표도 없고, 분투도 없으니 말이다. 그 세상은 당연하게 번뇌도 없으니 고통 또한 없다. 사람이 무엇 때문에 지각이 있는지 모르겠다. 마비 상태이다 보니 아주 좋구나!"

공구는 어머니의 입에서 이런 말이 나올 줄 꿈에도 생각하지 못 했다. 이러한 말은 평소의 어머니와 어울리지 않았다. 자신을 지성스럽게 가르쳐주던 어머니의 의도와 완전히 상반될 뿐만 아니라, 나에게 앞으로 노력할 필요가 없다고 말하는 거 아닌가. 이것은 완전히 반대로 말하고 계신 것이다. 이것은 한평생 살면서 겪은 고통의 총화이며 이 세상에 대한 피눈물의 하소연이다.

의사의 약 처방은 매우 기묘했다. 어떤 약은 약방에서 살 수 없어 공구가 산에 가서 직접 채집해야 했다. 의사의 약이 아주 묘한 덕인지 몇 첩을 복용하니 대단한 효과가 있었다. 얼마 가지 않아 회복될 것만 같았다.

유언을 남기고 떠난 어머니

이날도 공구는 홀로 약초를 채집하러 산으로 떠났다. 골짜기도 지나고 넝쿨도 타고 벼랑에도 오르락내리락하며, 원숭이처럼 몸을 가볍게 놀리면서 의사의 처방에 따른 약초를 채집했다. 그는 재빨리 필요한 약초를 채집해서 부랴부랴 집으로 향했다.

그는 걸으면서 생각했다. 이제 몇 첩만 더 복용하면 완전히 나을 거야. 그 담에는 아무 일도 하지 못하게 하고 내가 방도를 찾아야지. 돈을 많이 벌어 복을 누리시게 해야지. 그리고 편안한 생활을 누리며 사시게 해 드려야지. 공구는 한참 꿈같은 생각을 하면서 산에서 내려오고 있었는데, 갑자기 만부가 헐떡거리면서 부르고 있었다.

"공구야! 아주머니가 ….'

만부는 말을 제대로 하지 못한 채, 공구를 끌고 집으로 달려갔다. 집에는 이웃들이 벌써 모여 들었고 안정재는 말없이 침상에 누워 있었다. 공구는 다급하게 다가가 어머니를 불렀다.

"어머니, 어머니! 제가 왔습니다….".

안정재는 평온하게 침상에 누워 기운이 소진하여 띄엄, 띄엄 공구에게 말했다.

"아, 아-가. 너는 꼭 - 출세… 출세- 해야 …'

말을 마치지 못한 어머니를 보며 공구는 엎드려 통곡했다. 눈물이 비 오듯 그녀의 얼굴에 쏟아져 내렸고, 안정재는 두 눈을 꼿꼿이 뜨더니 안간힘을 써서 몸을 일으키곤 맥없이 아들에게 말했다.

"솟-, 솟아 - 나 -라!'

이것은 그녀가 임종 시에 아들에게 한 가장 아름다운 축원이었다. 그녀는 마저 말을 더하지 못한 채 머리를 떨구며 눈을 감았다. 그렇게 아끼고 사랑했던 아들과 영영 이별하고 말았다. 뭇 사람들과 영이별하고 너무나도 일찍 이 세상을 떠났다. 그때 그녀의 나이는 32세였다.

공구는 어머니 몸에 머리를 묻고, 울고 또 울었다.

눈이 퉁퉁 부어오르고 목이 쉴 정도였다. 너무나 비통한 마음에 기진맥진해져 정신까지 흐릿해졌다. 공교롭게도 만부 어머니는 송나라

에 가고 없었다. 다행히도 이웃인 장 씨 아줌마와 마을 사람들이 도와
주어 장사 치르는 일을 무사히 끝낼 수가 있었다.

공구가 멍해 있었는데 이웃이 상주 옷을 입혀 주었다. 상옷에 띠를
매어 주었으며 상모까지 씌어 주었다. 맹피 또한 계모 안정재의 온정
을 그리워하면서 슬피 울어 눈물이 비 오듯 했다.

공구는 멍하니 옛일들을 떠올리며 자애롭고 선량한 모친의 모습을
바라보고 있었다. 아버지와 결혼한 그 날이 어머니에게는 풍상고초를
겪는 시작이 되어 쓴맛, 매운맛 그리고 어떤 어려움도 잘 견디셨다. 시
씨에게 서러움을 받을 때도 아들의 성품은 조금도 못 건드리게 했고,
굶주림 속에서도 마지막 한술이라도 아들의 입에 넣어 주었고, 자신이
엄동설한의 추위에 떨지언정 한 오라기 실이라도 아들의 옷에다 감아
주었다. 그녀가 남에게서 얻는 것은 적었지만 남에게 준 것은 많고도
많았다.

"얼마나 선량한 어머니이었던가! 얼마나 고상한 여인이었던가!"

장 씨 아줌마는 안정재를 목욕시키고 새 옷을 입혀 주었다. 그녀는
마치 아름다운 옥좌처럼 태연하게 누워 있었다. 머리맡의 제사상에는
마른고기와 과일, 채소들이 몇 그릇 놓여 있었고 두 대의 흰 촛불이 가
냘프게 하늘거리며 뜨거운 눈물을 흘리고 있었다. 만부는 눈물을 훔치
면서 마을 사람에게 말했다.

"공구는 효성이 지극하여 어머니를 위해 할 수 있는 일은 다 했습니
다. 상갓집 일, 나팔수 질도 마다하지 않았습니다. 동전 한 푼이라도 더
벌어 어머니에게 효도하려 했던 것입니다."

듣고 있던 이웃은 남의 일 같지 않아 공구를 칭찬하며 안정재의 훌륭했던 점을 떠올렸다.

"공구가 예를 알고 배움을 즐긴 것은 나라님도 다 아신대요. 그것은 다 공구 어머니가 잘 가르친 것이지요!"

이때 공구는 극도의 비통 속에 잠겨 어머니를 편하게 모시지 못한 점에 관해 깊이 참회하고 있었다. 물론 그녀의 병을 치료해 드리려고 안간힘을 다 써 보았지만, 키워주시고 일깨워 주신 그 온정은 이루 말할 수 없었다. 마치 한 포기의 풀이 햇빛의 은정에게 비김과 흡사했다.

자기가 만족하게 해 드리지 못한 어머니의 최대 소원은 나라의 기둥이 되는 것이었다. 어머니는 이제 다시는 돌아오지 못한다. 영원히 이 날을 보지 못할 것을 생각하면 공구는 봄바람에 하천물이 풀리듯, 눈물이 흘러내릴 것 같았다. 그래서 그는 최선을 다해 장례를 풍성하게 치르기로 했다.

가산을 탕진하고 빚을 지더라도 짚이나 거적 따위로 시체를 싸서 파묻는 장례는 치르지 않겠다고 결심하자 마을 사람들은 전적으로 그를 도와주었다.

그들 모자의 미덕이 마을 사람들을 감동하게 해 공자를 돕는 일에 서로 앞다투어 나섰다. 그들은 공구네 집 살림이 구차하여 쌀 단지에는 반달 먹을 좁쌀도 없고 부엌에는 땔나무도 없는 것을 잘 알고 있었다. 관 살 돈은 더구나 없음을 너무도 잘 알고 있었다. 몇몇 노인들이 상론하고 널빤지를 모아 얇은 관을 짰다. 또 어떤 사람들은 삼베 천이랑 모갈(牧葛), 그리고 닭과 양을 가져왔고, 노인들은 사무를 주관하고,

젊은이는 심부름하며 장례 절차를 조리 있게 진행했다.

공구는 마을 사람들이 장례를 준비하는 일에는 관여하지 않았다. 어머니 시신 옆에서 수령(守靈)만 했다. 그것은 고대의 예의에 따르기 위한 것으로 효자는 건 불 위에서 흙덩이를 베고 자야 했다. 풋채소와 죽을 먹으며, 초가에서 대문 밖을 나가지 않아야 효도를 다 하는 것이라 했기 때문이다.

어느새 이관할 때가 되었으나 공구는 부친의 묘지를 모르고 있었다. 그때에는 시체를 땅에다 파묻고 흙 봉분을 만들지 않았다. 그렇기 때문에 비석이나 표지석도 없어 그 장례에 참가하지 않았던 사람은 찾을 수 없었다. 공구는 초조해졌다. 어머니가 생전에 부친의 무덤이 방산(防山)에 있다고 했을 뿐, 구체적인 위치는 알려주지 않아서 사람을 시켜 추읍에 있는 노인들에게 물어보았다. 누구도 아는 사람이 없었다.

'이 일을 어떻게 하면 좋담!'

입관할 시간이 되었으나 공구를 비롯한 누구도 속수무책으로 당황했다. 어떤 사람은 낮은 목소리로 '합장하지 말고 안정재를 독장 시키지 뭐!' 하는 이도 있지만 대부분 사람은 '그건 안 됩니다. 공구는 예의를 아는 사람인데 그가 동의하지 않을 겁니다.'라고 하며 서로 주거니 받거니 하고 있을 때, 공구는 갑자기 궁리가 떠올라 상사를 주최하던 노인을 찾아 한참 의논하였다. 그 노인이 말하기를 '바쁜 터에 그렇게 하는 수밖에 없지…'하고 장례 절차를 치르게 되었다. 한 갈래 호호탕탕한 장례행렬이 구성되었는데, 자발적으로 참여한 사람의 수가 백 명이 넘었다.

이것은 곡부(曲阜)성 관리 귀족의 장례보다 더 많은 수로 상여를 이끄는 사람, 상기(旗)를 든 사람, 상곡을 연주하는 사람, 상주를 부축해 가는 사람, 관을 메는 사람, 영구를 이끄는 사람, 곡을 하는 사람, 이들은 모두 한 마을의 이웃들이었다.

장례는 모두 옛 풍속의 예식으로 진행되었다.

'출발!'하는 소리가 떨어지자 비통한 곡소리와 함께 요란한 폭죽이 터졌다.

자애로운 어머님의 자상한 얼굴에 쓰인 아름다운 훈계를 추억 하노라.
그 자애로운 마음 보답하고자 피와 눈물로 봄빛 맞아 오네.

공자가 친히 쓴 만장이 바람에 나부꼈다. 베옷을 입고 상띠(上隊)를 두른 공구는 나막신에 지팡이를 짚고, 걸음마다 목 놓아 울었다. 장송하는 마을 사람은 곡소리의 리듬에 맞추어 울었고, 상여 행렬이 길목에 멈춰 설 때마다 마을 사람이 눈물을 글썽이며 애도했는데 이것을 노제(路祭)라 했다.

장례행렬이 오부지역의 사거리에 이르렀을 때, 마을 사람의 노제는 끝이 나고 상여가 떠나려 할 때 공구가 무릎 꿇고 애절하게 통곡하면서 어찌나 슬프게 울었다. 많은 사람도 함께 울고, 새들도 소리를 멈추었다. 가을바람도 아우성치는 듯, 하늘땅도 암담해지는 듯했다.

안정재의 영구가 오부지구에 내려지자 사방 길목을 막았다. 공구는 침통한 심정으로 하늘을 향해 팔을 들고 사방에 인사를 올리면서 아버지의 묘소를 알려 달라 호소했다.

"부모 합장은 예로부터 전해온 상례인데 이 공구는 불효자입니다. 아버님의 산소를 몰라 영구를 이곳에 멈출 수밖에 없습니다. 이웃 여러분! 우리 부친 생전의 벗님이시여! 사방의 군자님! 팔방의 길손이시여! 우리 아버님 숙량흘 장군의 산소를 가르쳐 주시옵소서! 아시는 분이 계시다면 이내 공구에게 알려 주시옵소서! 이 몸 죽어도 그 인정 어린 마음 잊지 않겠습니다!"

해는 서산으로 저무는데 화답은 없고, 울음과 흐느낌만 남아있었다. 그때 갑자기 한 중년 여인이 상복 차림으로 넋 놓고 달려오더니 영구 위에 엎드려 손으로 관을 치면서 울부짖었다.

"하늘도 땅도 불공평하구나! 이내 팔자 더럽구나! 이내 운이 더럽구나! 나 갈길 더욱 없구나! 인간 세상 서러움밖에 없구나!"

여인은 다름 아닌 만부의 어머니였다. 그녀는 송나라에서 안정재의 병이 위급하다는 소리를 듣고 급히 돌아왔으나 그만 한발 늦고 말았다. 그녀는 관을 열고 단 한 번이라도 안정재를 보고 싶었지만 부질없는 생각이었다. 안정재의 자상하고 온순한 용모는 영영 볼 수 없게 되었다.

이웃 여인이 부랴부랴 나와서 그녀를 부축하였다. 그러며 공구가 안타까우니 만부의 어머니에게 숙량흘의 묘지를 어서 알려달라고 거들었다. 만부의 어머니는 뭇사람들의 권고에 장례행렬을 안내하여 방산으로 가 숙량흘 장군의 묘지를 찾았다.

합장은 드디어 이루어졌다. 《사기(史記)》의 기록에 의하면 '장례행렬은 오부지구에서 멈추어 섰으나 만부지모가 공자에게 묘지를 안내하여 방산에다 합장했다.'라고 했다.

후세 사람들은 공자를 떠받듦과 동시에 안정재도 대단히 올려세웠다. 곡부의 공부대성전(孔府大成殿) 뒤에 있는 계성왕(啓聖王) 침전(寢殿)이 바로 공자의 어머니를 모시고 제사하는 곳이다. 니구산(尼丘山) 공묘 동쪽의 공모사(孔母祠)라는 사당에는 후세 사람들이 안정재를 칭송하는 아름다운 글귀를 남겨 놓았으니 "개척자에게는 스승이. 출세자에는 후원이. 안모는 산보다 높아 하늘에 닿았다."라고 했다.

그녀는 민족과 국가를 뛰어넘어 위대한 교육가였다. 사상가를 키워낸 여인이었다. 공구는 어머니 장례를 치른 후 어머니의 가르침을 명심하고 따랐다. 열심히 공부하여 조상의 영광스러운 명예를 떨치고 나라를 위해 힘을 바치고자 기회를 기다렸다.

계손 대부댁을 찾아 갔다가 양호에게 박대받다

춘추전국시대 각 나라 제후의 대부들은 해마다 향사(饗士) 연회를 베풀었다. 이것은 주공 희단(姬旦)이 제정한 것이다. 통치를 강화하기 위하여 주천자(周天子)는 각 제후를 소개했고 층층이 추천도 하는 행사였다.

노나라 대부 계손 씨가 향사 연회를 베풀었다. 주조의 사(士)는 상사, 중사, 하사, 3등급으로 나누었다. 공구는 자신이 대부의 후예이니 사연

(士宴)에 참가할 수 있다고 생각했다. 또한 자기는 곡부에서 명성이 좀 나 있다고 자부했다. 만부는 공구의 생각을 읽었다.

"우리 연회에는 가지 말고, 함께 밭 갈고 조를 거두며 살자"

만부가 권했으나 공구는 듣지 않았다.

"나는 어려서부터 책 읽기를 좋아하고 오곡을 가리지 못하니 농사일 은 못 해."

공구의 대답에 만부가 말했다.

"모르면 배우면 되잖아. 방목하고 수레를 몰고 나팔수도 했는데…. 얼마나 훌륭했어!"

"그것은 생계 때문에 하는 수 없었어."

공구가 대답하고 나서 계속 말을 이었다.

"나의 머릿속에는 글밖에 없으니, 꼭 기회를 봐서 출사하여 큰일을 해낼 거야!"

만부는 엉겁결에 공구의 의사를 깨닫고 말했다.

"네가 결사적으로 연회에 참가하려 하는 것은 머리끝을 내밀기 위함 이었구나!"

공구는 부정하지 않고 말했다.

"나는 계손 대부를 만나 나의 학식을 시험해 보아야겠어. 그리고 출 세의 그 날을 기다릴래."

"그들은 너를 초청하지 않았어. 그리고 이 옷차림으로 가면 그들이 너를 하찮게 여길 거야."

"형까지 차림새를 중히 여기고 재능을 중히 여기지 않다니, 가죽 모자에 비단 복장을 한 권력가들은 사실 산송장과 같아! 이런 자들은 나라의 높은 관직을 차지하고서 자신들의 욕심밖에 차리지 않는단 말이야! 진정으로 나라를 다스릴 수 있다면 차림새는 또 다른 문제지!"

공구는 짜증을 내며 말 했다. 공구의 말을 듣더니 만부는 조급해하면서

"네 말 들으니 난 더 보내지 못하겠어. 아줌마도 별세했으니 우리 모자는 너를 가족처럼 생각해. 사고라도 나면 어찌하려고?"

"내가 계손 대부댁에 가서도 꽥꽥 소리칠 것으로 생각하는 거야? 정말 천치 형이구먼! 근심하지 마. 나는 시기를 봐가면서 말할 거야!"

공구는 웃음을 참지 못하면서 말했다.

"말은 그렇게 한다지만, 넌 계손 씨 같은 권세 자들을 몹시 증오했잖아. 만약 웃음거리라도 되면 너에게 죄를 덮어씌울지도 몰라."

"나는 그자들을 증오하는 것이 아니라 가엾이 여긴 거야, 그자들이 정말 학문을 배워 나라를 다스리는 데 써먹는다면 내가 가르쳐 줄 수 있어."

공구가 만부의 진지한 분위기를 풀려고 농담처럼 말하니 결국 만부도 웃으며 말했다.

"그 말도 맞는 것 같지만 그자들이 너한테서 배울 리가 없지! 네가 기어이 가려고 하면 나도 안 말리겠다. 중니야! 보통 사(士)인들은 어떤 것들을 입고 쓰는지 아니?"

공구는 턱을 고이고 생각했다.

"《시경》에서 '청정 옷고름 나의 마음 편안하고 한가롭게 하네.'라 했

어. 그러니까 장보(章甫)관을 쓰고 바닥이 두 층으로 된 실로 엮은 신을 신었다고 쓰여 있어- 근데, 그건 왜 물어봐?"

만부는 웃으면서 대답 없이 집으로 돌아갔다.

공구는 책상 앞에 앉아 등불을 켰다. 죽간을 펼쳐 놓고 시를 찾아 어구들을 다시 한번 익숙하게 외웠다. 많은 장소에서 사람들과 대화하다 보니 시속의 단어를 많이 썼기 때문이다. 그는 책을 보느라 며칠간 피곤함에 지쳐 떨고 있는 등불 아래에서 비몽사몽 간에 꿈을 꾸었다.

공구는 계손 대부댁 대문 앞에 와 있었다.

바닥엔 붉은색 주단이 깔려있고, 처마에는 초롱불 수십 개가 높이 걸려 있었다. 악공들은 곡을 연주하고 있었다.

공구는 문 앞에 서서 구경하고 있었다. 손대부(孫大夫) 계평자(季平子)가 예복을 입고 나와 정문 계단에 서서 읍(揖)하고 예식을 치르기 위해 준비했다. 공구는 급기야 환례(還禮)하고 안으로 들어가니 그의 주위에는 많은 사람이 들어왔다. 그중에는 공구가 아는 사람도 있는가 하면, 모르는 사람도 적지 않아 인사하려 하자 그들은 묵묵히 걸어갈 뿐 말이 없었다.

향사례(鄕射禮)라는 예법이다. 이것은 서로 인사말을 나누지 않는다. 이를 떠올리자 공구도 더는 인사할 생각을 않고 중인(衆人)을 따라 강당으로 들어갔다. 계평자는 한 억대우 같은 사나이의 부축을 받으며 정당으로 들어갔다.

중인들께 삼읍(三揖)하고 그들과 함께 들어갔다. 억대우 같은 사나이는 중인들을 입석하게 했다. 공구는 입석할 때 장자(長者)들에게 빈자리를 권하고 난 다음 앉았다. 중인들이 자리에 앉은 후 계평자가 술잔을 들자 한 사나이가 일어섰다. 손을 휘두르니 악공이 들어와 주악을 연주했다.

매매— 사슴들은 울며
푸른 풀을 뜯어 먹네.
귀빈이 나에게 오니
거문고 치고 생(笙) 불어 흥을 돋구네.
생황 소리 조화롭다.
움켜쥐어 내놓는 돈이 비단 바구니에 넘치네.
손님들은 나를 더없이 사랑해.
정도(正道)로 향하라 손짓하네.

이 시는 공구가 평소에 익숙하게 외웠던 것이다. 손님들에게 술을 권하는 시라는 것을 알고 있었으나 오늘 악공들에 의해 불리니 듣기에 매우 좋았다. 머리를 돌려 다른 사람을 보니 모두 골똘히 감상하고 있었다.
갑자기 악공들은 곡을 바꾸어 사모(四牡)를 불렀다.

나의 이 수말은 보기 드문 준마일세.
여섯 갈래 고삐는 균일하고 조화롭다.
쉼 없이 먼지 바람 날리어.

예의 지사 친척 방문함일세.

공구가 골똘히 듣고 있는데 연주는 어느새 끝이 났다. 머리를 짜내며 자세히 생각해 보니 이는 국왕이 신하들에게 열심히 일하라 권고하던 시였는데 향사례에서 처음 부르는 노래였다. 그리고 이 곡은 네 명의 악공이 남해(南垓), 백화(白華), 화서(華黍) 등 세 곡으로 거문고와 생황으로 연주하는 합주였다.

주인은 또 술을 권했고 가무 연주가 어려(魚麗), 남유가어(南有嘉魚), 남산유대(南山有台) 등으로 이어졌다. 앞의 세 수와 뒤의 세 수는 어떤 것들은 사(辭)가 있고 어떤 것은 없었다. 모두 음악과 가무가 동시에 진행되는 연주곡이었다. 집 주인은 음악에 따라 빈번하게 술잔을 권했는데 자못 흥겨웠다.

세 수의 연주곡이 끝나자 상마다 쌀로 담근 훌륭한 술이 가득 차 있었다. 더는 시간을 허비하기 싫어 계평자를 하루속히 뵙고 속에 있는 말을 나누고 싶었다. 그는 잔에 있는 술을 마시고 계평자를 보러 가려하는데 그 순간, 한 사나이가 주먹을 날려 잔을 떨어뜨리는 바람에 공구는 매우 놀라 눈을 번쩍 떴다. 어떤 사람이 멀리서 부르고 있는 듯해서 몽롱한 중에 '술잔이 깨졌어요?'라고 물었다. 그러자 '술잔은 무슨 술잔이 깨졌다고! 어서 일어나 시간이 어떻게 됐는가 봐!'라고 만부가 말을 받았다.

"깨워도 깨어나질 않기에 하는 수없이 책상을 내리쳤지. 술잔은 무슨 술잔?"

공구가 몸을 돌려 주위를 살펴보니 침이 책장을 적셨는데 한바탕 꿈을 꾼 것이다. 만부는 책상 옆에 서 있고 공구는 웃음을 금치 못했다.

"왜 웃어?"

만부가 물으니 공구는 꿈속의 일을 얘기했다. 그러자 둘 다 폭소를 터트렸다.

"하하하!"

만부는 책상 위의 보따리 꾸러미를 가리키면서 말했다.

"우리 어머니가 밤사이에 너에게 새 옷을 한 벌 지어 주셨어. 빨리 입고 연회에 참석해."

공구는 정말로 고마웠다.

"형은 왜 종모(從母: 춘추 이전에는 백모, 숙모, 이모 등을 총칭)께 말을 꺼내서 걱정시켜. 옷 자랑하러 가는 것이 아니라 난 실력으로 가는 거야."

"쓸데없는 말은 그만하고 우리 엄마는 계 씨 재상네 집으로 간다니 매우 기뻐하시더라. 너를 막았다고 오히려 날 나무라셨어. 빨리 짐이나 꾸려."

만부가 재촉하면서 말했다. 공구는 서서 기지개를 켜더니 옷을 들고 입으려다 멈춰 섰다.

"종모께서 옷 만드시느라 힘드셨는데 몸은 씻고 입어야지!"

우물가에 가서 공구는 물 한 두레박을 떠놓고 전신을 깨끗이 씻었다. 옷을 입고, 모자를 썼다. 대야에 담겨 있는 물을 거울삼아 비추어보니 몰라보게 변해 있었다. 청색 바지, 두루마기에 장모까지 쓰니 영준하고 비범해 보였다. 만부는 공구를 한 바퀴 돌아보고 나서 말했다.

"허리띠도 있어야 하고 옥이 있으면 더 좋았겠다."

"흰 띠를 매면 어때! 우리 엄마 돌아가신 지 얼마 안 되는데 상복 삼아 말이야. 깨끗하기도 하고."

이들 두 사람은 웃으면서 꾸미기 시작해 한참 후에야 다 갖추었다. 만부는 공자에게 이것저것 부탁했다.

"빨리 돌아와. 우리 모자가 기다리지 않게."

공구는 '그럴게.' 하고 나서 손 씨 대부네 집으로 향했다.

상부(相府) 문 앞은 오가는 사람으로 붐볐다. 화환이 빽빽이 진을 쳐 오색영롱했다. 공구가 막 들어가려는데 안에서 어떤 사람이 나왔다.

"잠깐!"하고 그를 잡았다.

공구는 고개 들고 보다가 놀람을 금치 못했다. 다름 아닌 꿈속에서 보았던 그 억대우 사나이였다. 용모는 자신과 비슷하나 나이는 좀 먹어 보이고 좀 흉해 보였다. 이 사나이는 용모가 공구와 비슷하여 하마터면 목숨까지 잃을 뻔한 일이 후에 일어났던 인물로 계 씨 댁 가신 양화(陽貨)였다. 범처럼 잔인하여 사람들은 양호(陽虎)라 했고 모략을 잘 쓰는 사나이로, 계평자가 소공을 제압했다면 양호는 계평자를 제압한 사람이다.

공구는 걸음을 멈추고 물었다.

"나리님의 지시가 있었습니까?"

양호는 의아해하며 물었다.

"공구! 자네가 여길 웬일이야?"

"계손재 부향사에 부연(赴宴)하러 왔소이다."

공구가 대답하니 양호가 배가 터지도록 웃었다. 그 웃음소리가 공구는 끔찍하고 참혹하여 한순간 온몸이 오싹해졌다.

"계손 대부가 베푼 연회는 명사들만 참석하는데, 자네가 와도 되는가?"

"추읍 대부 숙량흘 장군의 후예이니 와도 되지 않겠소이까?"

공구는 양호의 억지에 화가 치밀어 면박을 주었다. 그러고 나서 계손 대부를 뵙겠다고 말하자 양호는 침착하게 '당당한 노나라 재상을 네가 어떻게 뵙겠다는 거냐?'라고 했다. 공구는 양호의 말이 끝나기도 전에 점잖게 안으로 들어갔다.

양호는 앞으로 한걸음 내디디고 돌아서 두 손으로 허리를 잡고 앞을 막아서면서 깔보며 업신여겼다. 공구는 문지기 개가 막아서자 자신도 모르게 화가 치밀어 화를 냈다.

"한낱 가신이 어떻게 이리 무례할 수 있나! 난 노나라 명문의 후예이다!"

양호는 바싹 다가서면서 지껄였다.

"명사! 소몰이 명사! 날라리 부는 명사! 계손 대부의 향사는 비렁뱅이에게 은혜 베푸는 잔치가 아니야."

"네 이놈!"

공구가 화내려는데 울안에서 장자 한 분이 나오셨다. 목소리를 듣고 바라보니 계씨 대부 계평자였다. 그는 살찌고 피둥피둥하게 생겨 어느 것이 눈썹이고 눈인지 구분하기 힘들었다. 마치 그는 걸어 다닐 줄 아는 고깃덩이와 흡사했다.

공구는 계평자가 다가오니 인사를 올리고 말을 걸려 했는데 양호가 앞질러 말했다.

"공구가 연회에 참석하겠다 하여 막아서는 중입니다."

계평자가 다급히 물었다.

"공구는 어디 있는가?"

"공구 여기 있나이다!"

공구는 기회를 놓칠세라 얼른 인사 올렸다.

계평자는 자세히 공구를 훑어보더니 손으로 수염을 쓰다듬으면서 웃었다.

"소문 들었네. 자네가 인덕이 두텁고 예절에 밝다고 칭송하더군! 일찍이 소문 듣고 자네를 만나고 싶었네. 그런데 오늘은 어떻게?"

"공구가 온 것은 연회 참석만이 아니라 나리를 뵈러 왔나이다. 나라를 위해 일 좀 해 보려고 말입니다!"

공구는 정중하게 인사를 올리고 나서 자신의 용무를 말했다.

"내가 자네에게 뭘 도울 게 있겠나?"

공구는 예절 밝게 시경을 인용해서 여쭈었다.

빽빽 황새가 운다.
산등성이에 멈추어 서 있네.
앞길은 굽이굽이 요원한데.
내가 어이 해갈라 나아가랴!
(주왕이) 나에게 먹을 것 마실 것 주니

(주왕이) 나에게 가르쳐 주고 일깨워 주네.

수레를 몰라 명하시어

어질고 재간이 있는 사람을 싣고 조정에 오란다.

뺙뺙 황새가 울며

산등성이에 멈추어 서 있네.

목적지에 도착하지 못할까 두려워하니

(주왕이) 나에게 먹을 것 마실 것 주네.

(주왕이) 나에게 가르쳐 주고 깨우쳐 주니

수레를 몰라 명하시어

어질고 재간이 있는 사람을 싣고 조정에 오란다.

뺙뺙 황새가 울며

산등성이에 멈추어 서 있네.

어찌 먼 부역 두려워할 소냐.

빨리 못 가는 것을 두려워하랴!

(주왕이) 나에게 먹을 것 마실 것 주니

(주왕이) 나에게 가르치고 깨우쳐 주네.

수레를 몰라 명하시어

어질고 재간이 있는 사람을 싣고 조정에 오란다.

공구는 시를 읊고 나서 점잖게 한쪽에 서 있었다. 계평자는 흐뭇해

하면서 고개를 끄덕였다. 사람들이 공구가 성현의 풍채(風采)와 골격(骨格)이 있다는데 그 말이 사실인 것 같다. 공구는 아비가 죽고 홀어머니 밑에서 어렵게 자랐다. 어려운 세상살이에 부대꼈어도 이 정도 수양이라면 여간 아니다. 혹 가신으로 둔다면 둘도 없는 인재일 것이라 생각하고 계평자는 공구를 한바탕 칭찬했다.

"소문이 헛되지 않구먼. 시로 유창히 답할 수 있고 어울리니 참으로 귀하구나. 감탄해 마지않노라. 조정 귀족의 후예 중에 자네처럼 훌륭한 젊은이 보기 드무네."

양호는 뒷짐을 지고 거만하게 듣다가 질투의 불꽃을 피워 올렸다. 그리고 계평자가 말을 채 맺기 전에 하인들에게 명을 내렸다.

"공구를 쫓아내거라!"

공구는 이때 아주 평온하게 계평자를 바라보았고, 계평자는 중인들에게 손짓하고 나서 양호에게 분부했다.

"공구를 남게 하라!"

"남게 하시라고요? 그리 하신다면 우리는 모두 다 떠나겠습니다."

양호는 중인들에게 손짓하더니 이곳을 떠나려 했다. 계평자는 급기야 양호를 막아 나서면서 말투를 바꾸어

"상론하고 있지 않은가?"

양호는 뒤도 돌아보지 않고 제 자리로 갔다.

계평자는 공구를 보고 다시 양호를 쳐다보더니 "후"하고 몸을 돌려 정당으로 들어갔고, 양호는 계평자가 들어오는 것을 보고 큰소리로 명을 내렸다.

"여러분, 입석하십시오."

상황이 이러하니 공구는 계평자를 부르려다 그만두었다. 그는 격분하여 양호를 흘겨보며 옷깃을 내리고 계손 대부댁을 떠났다. 양호가 뒤에서 '흥 -' 하는 소리를 들으면서 공구는 서둘러 발걸음을 재촉했다. 집으로 돌아와서 매우 격분했다.

만부가 조급하게 물었다.

"어떻게 이리 빨리 돌아왔어?"

공구는 어이없이 격분했던 조금 전의 일을 말했다. 그러고 나서 책상 위에 있는 책들을 땅바닥에 힘껏 내동댕이쳤다.

계손 대부댁을 찾아갔다가 연회에도 참석하지 못하고, 양호에게 박대받고 돌아온 공구의 화내는 모습을 눈치 빠른 만부는 잽싸게 알아채고 공구의 두 팔을 꽉 잡고 위로했다.

"그자들에게 신경질 낼 필요가 없어. 수레를 끌다 보면 말에게 차일 때도 있었고, 애당초 말이 네 말을 잘 듣지 않았잖아! 손에 든 채찍을 잘 써서 급소를 명중시키면 아무리 억센 말이라도 말을 잘 들을 거야!"

공구는 만부의 말을 곰곰이 생각해 보았다. 급소를 명중하면 아무리 억센 말이라도 얌전해진다는, 말을 길들이는 만부의 논리에는 뜻밖에도 중요한 천리(天理)가 들어있었다. 그래서 공자는 억센 말 길들이는 채찍을 찾기로 했다. 그것은 바로 지식이다. 지식이야말로 상수라고 생각한 그는 육예(六禮)를 정통하기 위해 책 읽기에 열중했고 배움에 더욱 분발했다.

노나라 주공의 봉지는 천자의 예악으로 천지에 제사를 지내는 제후

국이다. 주례는 모두 노나라에 있었고, 이것이 한 나라의 옛 문화가 되어 그 깊이를 측량할 수 없을 정도였다. 가고 가도 끝이 보이질 않는 것이 학문의 길이기에 공구는 피곤을 모르고 헤엄치며, 파도를 가르고 조수와 싸웠다.

쓰러져 가는 오두막 초가집에서 반딧불같은 등불 아래에서 공구는 열심히 《상서》를 읽다가 삼경의 징 소리가 나면 기지개를 한 번 켜고, 수탉 울음소리가 나면 하품을 한 번 하고, 그러다 햇살이 창문에 비추어 들면 그는 또다시 생기가 넘쳐났다. 부뚜막에 불 지피고 밥하다 책 읽기에 정신이 팔려 땔감 넣는 것을 잊어 불을 꺼지게 하기도 했고, 마구간에서 맷돌질하다가 맷돌 위에 책을 놓고 돌리기도 했다.

땀방울이 뚝뚝 떨어지는 초여름 채소밭에서도, 불같이 내리쬐는 여름철 밀밭에서도, 솟아나는 땀방울을 훔치며 김을 맬 때도, 오곡의 지식을 열심히 공부했다.

비가 퍼붓듯 내리는 진창에서 수레를 몰 때나 질풍 같이 달리는 말에게 채찍을 휘두를 때, 만부는 옆에서 채찍 쥐는 자세와 채찍 날리는 자세를 바로잡아 주었고, 비가 오고 가을바람 휘몰아칠 땐 사수 강변에서 활쏘기를 연마하게 했다. 한편 공구는 부지런히 학문을 익혀갔는데 고정된 스승이 따로 없어 후일 남궁경숙과의 담화에서 그는 '삼인행에는 반드시 나의 스승이 있는 법이요.' 라고 말하곤 했다.

기술을 배우려면 명사(名師)의 지도가 없이는 안 되는 것입니다.
그것은 마치도 어둠 속을 더듬는 듯한 것입니다.
명사가 나타나면 마치 어둔 동굴에서 갓나온 것처럼 보입니다.
눈앞에는 찬란한 광명이 나타나는 것이니까요.

제4장

원관 씨와 결혼하고
스승을 찾아 나서다

孔子

육예를 갖추어 혼인하다

공구가 19세 되던 때, 어느 날 아침 공구는 맨땅에 앉아 정신없이 죽
간에 글을 새기고 있는데, 갑자기 만부가 뛰어들어와 다짜고짜 그의
오른팔을 끌고 밖으로 이끌었다.

"선보라고 중손(仲孫) 대부가 왔다."

만부에게 끌려서 공자가 만부네 집에 들어가니, 종모와 맹피 형이
얼굴에 웃음꽃을 활짝 피우며 중손 대부에게 차를 접대하고 있었다.
사연인즉슨, 초나라가 진나라를 멸망시킨 후, 여러 나라와 서로 통하
기 위해 초 평왕이 비교적 큰 몇몇 나라를 초청했다. 진나라에서 모임
을 하며 진나라를 다스리는 데 필요한 일을 서로 의논했다.

그때 노나라에서는 중손 대부를 파견하였는데, 집회 기간 중 송나라 여회(如會) 대부와 중손 대부가 서로 만났다. 그들은 노나라로 이주한 송나라 후인 숙량흘과 공구에 관해 이야기를 주고받다 공구의 현재 처지와 생계에 관해 이야기했다. 송나라의 대부는 아주 활달한 사람으로 그 자리에서 중손 대부에게 '노·송, 두 나라는 예로부터 인연이 있고 더구나 공구의 조상이 송나라 사람이니 송나라 여인을 반드시 아내로 맞이했으면 한다.'라고 말했다.

중손 대부는 귀국 후 임금에게 이 일을 아뢰었고 이 일에 대해 신경을 많이 썼다. 노 소공은 중손 대부의 말을 듣고 대찬성을 보냈고. 송과 좋게 지내기 위해 혼사에 관해 찬성하며 이 일은 전적으로 중손 대부가 책임지고 하루빨리 결혼시키라고 했다.

임금께서 승낙하고 중손 대부가 맡았으니 하늘이 내린 복이라고 온 집안 식구가 기쁨에 들떠 있었다. 만부 어머니와 맹피가 가장의 신분으로 혼사를 주관하기로 했다. 혼사 비용은 중손 대부가 모두 담당하기로 했다.

이어서 육례(六禮)를 갖추기 시작했다.

먼저 납채(納采)로 예물을 보내고 청혼했다. 다음에는 문명(問名)으로 여자의 이름과 생일을 물었다. 다음은 납길(納吉)로 길상을 점친 후 축하 예물을 보내어 약혼했다. 다음에는 납폐(納幣)로 약혼 후 여자 집에 값진 예물을 보냈다. 그리고 청기(請期)하여 결혼 날짜를 택하여 여자 집 의견을 청취했고, 마지막에 친영(親迎)으로 신부를 맞으러 가기로 했다.

점심때가 될 무렵 신부를 맞이하러 갔던 가마가 돌아와 사람들 사이를 헤치고 천천히 궐리 거리(闕里街)로 들어오더니 공구네 집 낮은 초가 앞에서 멈추어 섰다.

거리에는 음악 소리가 하늘을 진동하며 사람들로 들끓었다. 곡부 사람들이 떼를 지어 몰려 들었다. 개구쟁이들은 더욱 좋아하며 사람들 속을 비집고 오갔으며 사람들은 나뭇가지와 담벼락 위에 올라가 공구의 색시를 보려고 야단이었다.

묘령의 소녀들은 격정과 흥분을 못 이겨 연지곤지 바르고 수줍게 웃으면서 남의 신혼 쾌락을 함께 나누어 가지려는 듯했고, 총각들은 이 기회에 자기의 존재를 나타내 어느 계집애의 눈에 들려고 가진 재주를 다 부리는 것 같았다.

젊은이가 몰리는 곳은 언제나 들끓는 조수(潮水)와 같다. 나팔수는 젖 먹은 힘까지 다하여 자신의 재능을 발휘했다.

새 신부는 대반(對盤)의 부축 하에 가마에서 사뿐사뿐 걸어 내려왔다. 체격은 풍만하고 날씬한 허리에는 패환(佩環)을 차고 있었다. 걸을 때마다 딸랑딸랑 은방울 소리가 나며, 예쁘게 생긴 얼굴로 웃음을 짓고 있었다.

삼월에 봄빛 맞아 피어나는 복숭아꽃을 보는 것 같았고, 오뉴월에 이슬 머금고 미소 짓는 연꽃을 보는 것 같았다. 밀물같은 칭송 소리와 경쾌한 음악 소리는 신랑 신부를 예식장으로 몰아들였고 빈상(儐相)은 노래를 불러 예식을 진행했다.

하늘에선 지상 사람 감시하여

문왕을 천자라 정하셨네!

문왕이 물정을 금방 알자.

하늘은 그에게 처자를 맺어 주었네!

흡수의 남쪽이런가!

위수의 옆쪽이런가!

문왕은 계집 사는 것 알고 있네.

대국의 따님이라고.

대국의 따님이라고.

하나님의 여동생이라고.

길상한 희사 정하고

문왕은 친히 위수에 나가 맞았다네!

배를 묶어 다리 만드니

이 아니 빛나지 않을 손가!

이 노래는 문왕 결혼 때의 시로, 후세 사람들은 문왕을 높여 존경하고
사모하여 축혼사(祝婚辭)를 정했다. 따라서 천작지합, 하늘이 맺어 준 인
연이라 하여 지금까지도 사용하고 있다. 빈상이 큰소리로 외쳤다.

"먼저 하늘과 땅에 절하라! (一拜天地)"

공자와 새 신부 원관 씨는 대반의 부축을 받고, 황송한 자세로 천지
를 향해 읍하고 절을 했다.

"두 번째로 부모에게 절하라! (二拜高堂)"

빈상이 외치자 공자는 저도 모르게 눈시울이 뜨끔해졌다. 그는 어머니가 별세한 후, 만부의 어머니가 친자식처럼 보살펴 주어 자기도 모르게 나오는 부모에 대한 그리움과 감사함으로 슬픔에 잠겼다. 눈물이 눈시울에서 몇 바퀴 도는 것을 억지로 참고 만부의 어머니에게 공손히 절을 했다.

"부부가 교배주를 마셔라! (夫婦合巹)"

빈상의 소리와 함께 시중을 드는 사람들이 들어와 준비했던 새 표주박을 절반씩 갈라 술을 가득 담아 신랑 신부에게 주었다.

"새 사람들은 신혼방에 들어가라! (新人入洞房)"

빈상의 장음이 채 끝나기도 전에 세악(細樂) 소리가 울리며, 불시에 사람들은 신랑 신부를 둘러싸고 신혼방으로 몰려갔다.

신혼방에는 생활필수품들이 가지런하게 배열되어 있었고 촛불은 환히 켜져 있는데, 새 신부는 수줍음을 얼굴에 가득 담고 있어 표정이 딱딱하게 굳어진 채 공자와 나란히 앉아있었다.

빈상이 예의에 따른 행사를 시작했다.

첫째 잔의 술은 부부의 화목이어라! 신랑 신부는 조금씩 따랐다.

둘째 잔의 술은 백발될 때까지 살라는 것이니라! 신랑 신부는 또 조금씩 따랐다.

셋째 잔의 술은 귀동자를 일찍 낳으라는 잔이니라!

빈상의 예법에 따른 행사가 끝나자 그들은 잔을 서로 바꾸어 따랐다. 이것이 지금까지 전통으로 내려온 교배주다. 이때 신부의 머리를 살짝 눌러 놓은 것을 벗겼다.

아롱다롱 몸에 달린 구슬은 기침 소리와 함께 떨고 있고 촛불에 비쳐 빛이 반짝반짝 빛났다. 뭇 사람들은 한 식경 쯤, 즐겨 놀다가 빈상의 권유로 헤어졌다.

공자는 뭇 사람들이 헤어질 때까지 긴장을 풀지 않고 특히 빈상과 만부가 혀를 쑥 내미는 괴상한 동작을 보았다. 어떤 일들이 벌어질 것을 미리 짐작해 보고 가슴 속이 쿵쿵 뛰었다. 지금까지 여자와 한 번도 단독으로 자리한 적이 없는 공자였다. 정적이 깃든 방 안에는 희미하게 떨고 있는 촛불에 심지가 타는 소리와 두 사람의 숨소리가 뒤섞여 들릴 뿐이었다. 침상 위에 놓여 있는 새 이불과 담요는 취할 듯한 향기를 뿜어 사람을 달콤한 꿈속으로 끌고 들어가는 것만 같았다. 촛불 아래 신부의 새하얀 얼굴은 더욱 아름다워 보였다. 양 볼은 담홍빛을 뿌린 듯, 오뚝한 콧마루 위에 한 쌍의 가늘고 길며 눈초리가 깊고 붉은 기운이 있는 눈은 감았는지 떴는지 어렴풋했다. 앵두 같은 입술은 꼭 다문 채 말이 없다. 공자는 눈앞에 이 여인이 바로 자신의 부인이라는 것을 느껴 동상공침(同床共枕)하며 고락을 함께 나누리라 생각했다. 여인을 두 눈으로 확인했지만, 쉽지 않고 오히려 두려웠다.

그는 성질이 매우 활달한 청년으로 언제 어디서나 보통 사람보다 생각이 많고 깊어 멀리 내다본다. 그래서 그는 이 시각에도 어머니를 떠올리며 어머니의 불행과 어머니의 고통과 어머니의 눈물, 그리고 나이와 어울리지 않게 일찍 노쇠했던 모습이 생각났다.

그러면서 그는 절대 아내를 어머니와 같은 길을 걷게 하지 않겠다고 결심했다. 남편의 책임으로 감싸 주고 관심을 두고, 아끼며 보살피고, 많은 따사로움과 사랑을 주겠다고 결심했다. 그녀가 생활이 완전하고 행복하게 해 주리라고 굳게 다짐했다. 그렇다고 하여 아내를 다독이기만 하지는 않겠다. 인간 세상에서 사랑의 소중함과 인의(仁義)의 순행만이 인간이 가야 할 옳은 길임을 강조하고, 이를 위해 천하의 공인으로서 세계를 분주하게 오가며 호소하리라 마음먹었다.

얼마의 시간이 흘러갔을까.

공자는 사색의 준마를 잡아타고 아내 속으로 살펴 들어갔다. 그녀의 호흡은 고르지 못했고 심장 박동은 빨라졌다. 공자 또한 열혈남아로 칠정육욕(七情六欲)이 넘쳐 심장 박동 수가 빨라질 수밖에 없었다. 결혼은 바로 조상에게 제를 올리고 후대를 번성케 하는 것이다. 아내를 바라볼 때 아내도 자기를 바라보고 있다가 두 쌍의 눈이 번개처럼 유성처럼 순식간에 한마음으로 합쳐졌다.

초는 불에 녹아 심지가 촛농에 잠겼다. 아내 원관 씨는 긴장감을 풀고서 이때가 기회라 생각하고 등불의 심지를 자르려 하니 공자가 제지한다.

이때 아내 원관 씨는 낮은 목소리로 '등불은 목숨이 길어야 하는데 그것은 우리 부부간의 장수를 의미하는 거지요!'라고 말하자, 공자는 '이런 것은 모두, 사람들의 축원에 불과한 것입니다. 사람의 운명을 어찌 촛불에 비할 수 있겠소!'라고 했다. 공자는 아내에게 다가가 품에 꼭 끌어안고 부드럽게 '밤이 깊었는데, 우리도 잡시다!'라고 말하는 순간 촛불은 완전히 꺼졌고 공자와 원관 씨는 첫날밤의 달콤한 꿈속으로 빠져들었다.

최초의 벼슬자리에 나가서 훌륭한 업적을 내다.

결혼 전 중손 대부는 공자를 위리(委吏)로 추천했다. 이것은 창고 관리인인 작은 관직이었다. 그는 부임한 후 장부가 어지러운 것을 발견하고 조사해 보니, 전임 위리와 다른 일군들이 제 주머니 챙기기에 바빴음을 발견했다.

공자는 자신이 배웠던 수학 지식을 이용하여 물건을 정리하였다. 장부 검사는 물론 공사 구분을 분명하게 처리하니, 반년도 못되어 창고에 물건이 꽉 찼고 장부는 깨끗해 졌다.

계평자는 공자의 충성과 재능을 칭찬하여 승전(乘田)으로 승직시켰다. 승전의 자리는 소와 양을 관리하는 작은 관직으로 춘추 시기 제사는 첫째 가는 대사였다. 살찐 소와 양이 필요했기 때문에 승전이란 관직이 작긴 해도 믿음직한 담당자가 필요했다. 만부는 공자의 직위를 위리나 승전 따위의 작은 관직에 부임하게 하는 것은 잘못이라고 불만을 토로했다. "눈먼 자식들, 온몸에 학문이 꽉 들어찬 사람더러 그런 보잘것없는 일만 하게 하다니…."

공자는 아랑곳하지 않았다.

"일거리가 있다면 해야지. 아무 일이건 잘 하려면 쉽진 않아. 내가 기르고 있는 소와 양들은 모두 제사에 쓰는 것으로 중요한 일이야. 창고 관리도 매우 중요한 일이야! 관중(管仲)에서 말하기를 창고가 가득 차 있으면 예의를 잘 아는 것이기에 나보고 창고를 관리하라 한 것이겠지. 내가 창고의 장부들을 똑똑하게 정리해 놓은 것을 보고 소와 양을 관리하라고 했으니, 이제는 살이 포동포동 찌게 관리하면 되는 거야!"

결혼 후 공자 부부는 아기자기했으며 서로 존경하며 지냈다.

낮에 공자는 밖에 나가 창고나 소와 양을 관리했고, 아내 원관 씨는 길쌈하며 천을 짜고 집안일을 돌보았다. 저녁이면 공자는 촛불을 켜고 책을 보았다. 아내는 그 옆에서 바느질하면서 친구가 되어 주었다.

공자는 어렸을 때부터 생계를 위해 부잣집에서 방목한 일이 있었기에 짐승들의 습성에 대해 잘 알고 있었다. 그는 짐승 기르는 기술을 잘 알고 있어 취임 후 얼마 되지 않아 일련의 관리 규칙들을 제정했다.

예를 들면 한창 크고 있는 놈들을 모두 방목해야 체질이 튼튼하게 함으로 사료를 절약할 수 있었다. 체질이 건강하고 살찔 때면 암놈과 수놈을 갈라서 울안에 가두어 둔 후 좋은 사료를 먹이고 교배를 금지했다. 울타리는 그리 크지 않게 하고 되도록 짐승의 활동량을 줄여 살이 찌게 했다. 사료는 세밀하게 선별하여 흙모래 같은 이물질이 들어가지 않도록 했다. 물 먹이는 시간도 엄격히 통제했다. 방목 후 돌아와선 물을 먹이지 않았고, 운동시킨 후에도 물을 먹이지 않았다. 배불리 먹지 않았을 때와 갓 교배시켰을 때엔 물을 먹이지 않았다. 살찌는 시간인 밤에는 적어도 2차 이상 사료를 먹였다. 짐승은 야초(夜草) 먹이지 않으면 살찌지 않는다는 속담을 활용했다. 우량한 수놈과 암놈을 선별하여 종자 성축으로 키웠다. 전문 축사에다 따로 먹여 전문 번식을 시키는데 충당했다. 이렇게 하여 일 년도 되지 않은 사이에 짐승 우리엔 소와 양들이 가득 찼다. 체질이 좋고 살도 잘 쪄 실로 6축(六畜)이 풍성하게 되었다.

이 해의 각종 제사와 종묘 제사 예식에서 사용할 수 있게 했다. 전에 없이 훌륭한 짐승들을 쓸 수 있어 공자를 칭찬하는 사람들은 공자는 못 하는 일이 없다고 엄지손을 내밀었다. 보통 귀족의 후손같지 않게 뜻이 크고 학문이 깊고, 눈은 높아도 야욕이 없는 것 같으며 큰일이 아니라도 충실하다고 모두 혀를 껄껄 찼다. 노나라 소공도 공자를 극찬했다.

첫아들을 보니 임금이 잉어를 하사하다

공자가 20세 되던 어느 날, 승전에서 부하들이 짐승에게 먹일 모이 섞는 것을 보고 있는데 갑자기 맹피가 절룩거리면서 뛰어와 공자 네 부인이 아들을 낳았다고 소식을 전했다. 공자가 대답하기도 전에 동료들이 몰려와 축하하며 한턱내라 했다.

공자는 너무도 기뻐서 많은 사람에게 말했다.

"여러분들을 초청할 테니 통쾌하게 마셔봅시다!"

공자가 집으로 달려 들어가니 아내가 갓난아이를 안고 있었다. 아내는 피곤한 안색이 가시지 않았지만, 처음으로 어머니가 된 기쁨을 금치 못했다.

공자는 침상 앞에서 아내를 보면서 웃어 주었다.

아내 원관 씨는 공자가 뚫어지게 보는 바람에 말도 할 수 없어서, 부끄러운 기분을 다소나마 풀기 위해 '아기 좀 보세요!'라고 했다. 공자는 그제야 꿈에서 깨어난 것처럼 아내에게서 아기를 받아 안고 자세히 살펴보며 자기도 모르게 야들야들한 볼에다가 입을 맞췄다.

이때였다.

"공구야 빨리 나와 봐! 임금님께서 예물을 보내오셨어!"

맹피의 떠드는 목소리가 크게 들렸다.

공자는 급히 아기를 아내에게 넘겨주고 임금님이 파견한 사자를 맞았다. 공자가 문밖까지 나갔을 때, 맹피는 벌써 궁중 차림새를 한 사람을 안내하여 들어왔다. 공자가 나가서 절을 올리니 그 사람도 맞절로 받으면서 말했다.

"임금님께서 부자가 귀동자를 보셨다는 기쁜 소식을 들으시고 무척 즐거우셔서 저에게 어(魚)를 보내서 축하를 올리시랍니다."

"공구는 보잘것없는 백성인데 이런 대단한 은혜를 베푸시다니…. 나리께서 저를 대신하여 대왕께 감사의 뜻을 올려 주옵소서!"

공자는 절을 올리고 그 사람을 방으로 모시고 들어갔다.

"제가 꼭 임금님께 아뢰겠습니다. 이것은 소인이 드리는 것이오니 가볍다 마시고 기쁘게 받아주시옵소서!

그 사람은 돈 한 꾸러미와 임금님의 하사품을 공자에게 건넸다.

"나리까지 이러시다니 …. 고맙습니다!"

공자는 돈을 받아들고 절을 올렸다. 그는 부하들에게 명하여 잉어 등 가지고 온 물건들을 들여오게 했다.

공자와 맹피는 물건을 넘겨받아 울안의 탁상에 올려놓고 절을 올렸다.

"신민 공구는 국은에 절하고 공손히 받겠나이다. 이 몸이 흙이 될 때까지 잊지 않고, 꼭 자식 놈을 엄히 가르쳐 나라에서 베푼 은정 저버리지 않게 하겠나이다!"

뭇 사람들은 이 정경을 보고 기뻐 아니하는 사람이 없었다. 서로 축하의 말을 주고받았다.

맹피가 자기 부인에게 잉어탕을 끓여오라 하니 공자는 정색하여 막아 나섰다.

"형님! 그러면 안 되우. 이 잉어는 선조들의 음덕(陰德)입니다. 금방 태어나서 어떻게 이런 대은을 받을 수 있겠소! 이 잉어는 절대 먹을 수 없소. 우리는 대왕의 하늘과 같은 이 은정을 잊어서는 안 됩니다. 아들 놈의 이름을 리(鯉)라 하고 자를 백어(伯魚)라 하여 영원히 기억할까 합니다. 임금이 내리신 은사를 영예로 삼는 게 좋지 않겠습니까!"

맹피 부부는 공구의 말에 도리가 있다고 여기어 더는 토를 달지 않았다.

온 집안은 기쁨으로 가득 차 있었다. 노나라 소공이 잉어를 보냈다는 이야기가 퍼져 나가서 따스한 춘풍처럼 곡부성은 물론, 노나라 온 천지를 휩쓸자 사람들은 공자를 더욱 존경하게 되었다.

인구 증강책을 높이 평가하다.

공자 21세 때 공자는 위리 직을 맡아 농사를 관리하게 되었는데 그 실적이 뛰어나 비범한 재능을 인정받았다. 그리고 소공송어(노나라 임금이 잉어를 보냄)의 이야기가 온 성안을 휩쓸고 있어 계평자는 그를 직리(職吏)로 승직시켜 국가의 인구를 관리하게 했다.

춘추 시기에 제후들이 서로 다투었기에 사상자가 많아 백성의 많고 적음은 나라의 국력 기준이었다. 직리 직은 인구를 관리하는 자리로 겉보기엔 인구 조사인 것 같았지만, 실은 인구 증가의 임무가 포함되어 있어 보통 사람이 맡을 수 있는 직이 아니었다.

공자가 승직하자마자 계평자는 그에게 난제인 인구 증가를, 3개월 내에 효과적인 계획을 세우라 했다. 천성이 자신의 맡은 바, 직무에 충실한 공자는 뛰어난 재능까지 갖고 있어 10일도 안 되어 답을 내놓았다.

첫째로 세금을 가볍게 하는 것이고(輕賦稅), 둘째로 노역을 가볍게 하는 것이며(輕繇役), 셋째로 형벌을 신중하게 하는 것이요(慎刑戮), 넷째로 근검절약하게 하는 것이요(倡節儉), 다섯째로 적령기에 혼인하도록 하는 것(定婚嫁)인 이 다섯 가지를 들어 인구 증강 책을 제시했다.

이에 대해 계평자는 답안에 도리가 꽤 있어 보였지만 그 뜻은 완전히 이해하지 못해서 사람을 보내어 공자를 불렀다. 상부(相府)에 가니 계평자는 예의로 공자를 맞았고 공자도 공손하게 답례하고 격의없이 이야기를 나누었다.

"부세가 가중하게 되면 백성들의 의복과 먹는 것마저 보장하기 어려워 타향살이 길 밖에 무엇이 있겠나이까. 장정을 뽑아 가고 잡역을 심하게 시키면 사람들은 두려워합니다. 죽음이 두려워 다른 나라로 도망갈 수밖에 없겠지요. 생활비용을 줄이기 힘들어 살림살이가 갈수록 어려워지면, 나중엔 유리걸식할 수밖에 다른 길을 택할 수가 없을 것입니다. 이와 반대로 그 네 가지만 지켜도 사람들이 모여들 것입니다.

천하의 사람들이 소문 듣고 모여들면 인구 증강에 신경 쓸 필요가 없습니다. 또한, 가장 중요한 것은 혼인 문제입니다. 이것은 인구 번성에 근본적인 문제로 남녀 혼사에 기한을 정해야지, 그렇지 않으면 득남 득녀를 어떻게 하며 인구를 어떻게 증가시킬 수 있겠나이까!"

계평자는 듣고 있다가 숨을 돌리며 공자에게 물었다.

"공구의 말이 옳네. 하지만, 정혼은 어이 하는고?"

공자는 빙그레 웃더니 또 말했다.

"혼사를 규정 한다는 것은 성혼 나이와 허례허식의 대소를 규정하는 겁니다. 조혼은 남녀 발육이 미숙하여 건전한 후대를 낳을 수 없고 해롭습니다. 만혼은 생육이 드물 것이니 이 두 가지 방법은 모두 버려야 하옵니다. 남자는 16세에 발육하여 양이 통하기 시작해 64세에 가서는 위축됩니다. 여아는 14세에 음이 통하여 50세에 가서는 끊어지게 됩니다. 이로부터 추산하면 남아는 20세부터 22세에 성혼시켜야 합니다. 그리고 여아는 20세에 성혼시켜야 합니다. 주례 규정은 남아는 30세에 성혼할 수 있다고 했는데 너무 늦습니다.

그리고 혼례 비용이 너무 많이 들어 육례의 비용을 감당하지 못합니다. 그리하여 성혼하지 못하는 사람도 매우 많습니다. 또한 이것은 인구 번성에 직접적인 영향을 끼치는 일이라 생각되므로 근검과 절약을 제창해야 합니다. 성혼 적령기가 지나도 혼인하지 않는 자에게는 그 부모에게 죄를 물어야 합니다."

계평자는 공자의 말을 듣더니 싱글벙글하면서 칭찬을 금치 못했다. 그는 소공에게 이 제안을 아뢰어 전국에 반포하게 했다. 한때 노나라의 백성들은 너도나도 뒤질세라 이 소식을 전했다. 이 소문을 듣고 외방에서 이사 온 사람들 또한 적지 않아 노나라엔 삽시간에 인구가 급증했다.

첫 재판에서 내린 공자의 명판결

공자는 사직이(司職吏)에 부임한 후 소와 양을 관리하는 일에 비해 흡족해했다. 사내에서 일을 맡아 하는 사람들은 저마다 숙련자들이어서 공자는 이들을 예의로 대했고 중인들은 공자를 태양처럼 받들었다. 관직이 낮은, 서기를 담당한 경화(景和)라는 자는 공자에게 여러모로 아첨하여 공자의 중용을 받았다.

하루는 공자가 사내에서 경화 등과 한담하고 있는데 갑자기 밖에서 울음소리와 떠들썩한 소리가 들려와 증석(曾晳)이 나가보더니 들어와 공자께 말했다.

"밖에 한 농군이 선생을 뵙고자 합니다. 그런데 중인이 말리는 바람에 분쟁이 생긴 것 같습니다. 어서 나가 보십시오.”

이에 경화가 나서면서 그따위 작은 일까지 선생께 걱정을 끼쳐드려야 하겠느냐고 핀잔하며 자신이 나가 보겠다며 나갔다.

경화가 앞장서자 공자가 말하길 '그자가 나를 보겠다는데, 어찌 대신할 수 있나?'라고 했다. 그러자 경화가 선생을 무척 위하는 듯이 말렸다. 공자는 앞뜰에 나가 죽치고 앉아 있는 한 사나이를 보고 사연을 물었다.

“제 약혼녀가 남에게 꾀임을 당해 도망쳤습니다.”

“나는 호구만 관리하는 사람입니다. 당신 일에 참여할 바가 아니니 다른 곳으로 찾아가 보십시오.”

그 사나이는 진지하게 말하기를

“사건은 당신들한테서 발생했는데, 어디로 가란 말입니까?”

공자는 의아스러워 자초지종을 물었다.

“소인은 좌백(左伯)이라 하옵니다. 어려서부터 진(秦) 씨 화용(花容)과 약혼 상태에 있었는데 얼마 전 그녀의 부친이 파혼하겠다 했습니다. 소인이 허락지 않으니 그대로 다른 사람에게 시집을 보냈습니다.”

“당신 장인 되실 분은 어째서 혼사를 파혼했는가?”

“제 몸에 못 쓸 병이 있다고 모함하고 강제적으로 약혼을 취소했습니다.”

“당신의 몸에는 어떤 병이 있는가?”

“저는 건강하여 사실 병이 없습니다.”

“아무래도 남을 기만하다가 들통이 나서 그런 것은 아닌가?”

경화는 좌백의 말머리를 뚝 잘라 내 쏘았다.

공자는 차분하게 좌백의 장알 박힌 두 손과 소박한 옷차림을 살펴보았다. 그가 교활한 놈이라고 생각이 들지 않아 경화에게 기록을 살펴보라 명했다. 과연 고질병으로 부역과 혼인을 할 수 없다는 기록이 있어 공자는 화를 발칵 내면서 좌백에게 물었다.

"보기에 순진한 놈이 어찌 이리 무례하게 구느냐? 기록이 남아 있는데 병이 없다 하다니!"

"소인은 진짜 고질병이 없는데 모두 경화가 꾸며낸 짓입니다."

좌백이 달려들어 경화의 멱살을 덥석 잡았다.

공자는 좌백에게 부여잡은 멱살을 노라 명했다. 할 말이 있으면 하라 하니 그는 그동안 있었던 사연을 다음과 같이 말했다.

반년 전 좌백은 경화에게서 노나라가 싸울 것이라는 소식을 들었다. 늙은 어머니를 위해 전장에 나가지 않도록 도와 달라 했다. 경화는 호적에 고질병이 있다고 적어두면 병역을 면할 수 있다고 했다. 좌백은 생각 없이 응하고 감사한 마음으로 양 두 마리를 경화에게 주었다. 그런데 반년이 지나도 노나라는 싸우지 않았고 좌백의 약혼녀만 남의 품에 안기게 되었다는 것이다.

공자는 경화를 노려보면서 물었다.

"좌백의 말이 진실인가?"

"죽을 죄를 지었나이다. 용서해 주시옵소서!"

경화는 더는 감출 수 없게 되자 도적이 제 발 저리다고 꿇어앉아 빌었다. 증석은 공자가 입을 열기도 전에 노하여 탁상을 두드리며 소리쳤다.

"이놈! 나라 봉록을 먹는 놈이 여론을 날조하여 호적등록을 파괴하다니! 화용과 어떤 관계가 있나 어서 말하지 못하겠느냐!"

"좌백과 화용은 어려서부터 정혼한 사이였습니다. 그녀는 좌백의 집이 가난하다 꺼리면서 타인과 사통하였나이다. 그녀가 저더러 도와만 주면 말 열 필을 주겠노라 하기에 전쟁이 일어날 것이라는 거짓말을 날조하여 좌백을 얼렀나이다. 좌백은 과연 진짜로 믿으며 감사하다며 양 두 마리까지 주어 저는 호구에다 등록한 후 화용과 사통하는 간부에게 진 씨 집에 가서, 좌백이 고질병이 있어 성혼을 못 한다고 말하게 했습니다."

"닥쳐라!"

공자는 경화의 말을 가로지르고 나서 판결을 내렸다.

"새털 같은 작은 이익 때문에 남의 가정을 파괴하는 놈을 계속 쓸 수 없다. 당장 저놈을 쫓아 내거라!"

호적등록을 다시 고쳐 놓고 나서 좌백을 꾸짖었다.

"나라를 위한 싸움은 그대의 책임이다. 개인의 안일을 시도하다 소인의 화살에 얻어맞은 것이다. 기군망상의 죄는 매우 엄중하지만, 사연이 있으니 더 추궁하지 않겠다. 호적은 이미 고쳐 놓았으니 어서 진 씨 댁에 가서 자초지종을 전하고 앞으로 나라에 충성하기를 바란다. 어서 물러가거라!"

공자는 이 일을 처리한 후 기뻐하기보다 마음이 안정되지 않았다. 그는 취임한 후 기뻐할 일 보다 오히려 언짢은 일들이 많아 좀처럼 안정을 찾기가 힘들었다.

일을 맡은 후, 백방으로 남을 위해 최선을 다했는데도 경화 같은 자가 있을 줄은 생각지도 못했다. 그는 이 혼탁한 현실을 개혁하기에 대단한 어려움이 있어 자신의 신중함과 노력만으로는 실현할 수 없다는 것을 절실히 느꼈다.

담자에게 조상에 관한 것을 배우다.

공자가 27세 때 어느 늦은 가을. 공자는 억수 같이 쏟아지는 빗속에 갈 삿갓을 눌러 쓰고, 도롱이를 걸치고, 맨발로 진탕 속에서 어깨를 떨며 노나라 곡부성의 고급 관리 집 앞에 우두커니 서 있었다.

공자는 일이 좀 한가한 틈을 타서 각지를 돌며 세태 풍속을 연구하던 중, 담나라(郯國)에서는 새를 특별히 중요시하여 우상처럼 섬기며 벼슬 이름으로도 쓰고 있어 그것이 무슨 영문인지 알아보려 했다. 그러나, 학식이 풍부한 노인들도 대답하는 이가 없었다. 이때 담나라에 담자(郯子)라는 이가 노나라 군주를 뵈러 왔다. 연회에서 만날 수는 있었으나 공자는 그런 연회석에 참석할 자격이 없어 그에게 배울 기회를 얻지 못했다. 그래서 그의 처소를 찾아갔으나, 담자는 계평자의 초청으로 연회에 참석하러 가서 아직 오지 않았기 때문에 공자는 쏟아지는 빗속에서 돌아오기를 기다리고 있었다.

시간이 얼마나 지났는지 호화로운 마차 두 대가 쏟아지는 빗속을 가르며 숙소 앞으로 달려와 멈춰섰다. 앞 마차에서 담자와 함께한 사람들이 내렸고, 뒤 마차에서는 노나라의 중손 대부가 내렸다. 중손 대부는 비에 흠뻑 젖은 공자를 보더니 깜짝 놀랐다. 공자는 중손 대부를 보고 너무나도 기뻐, 때를 놓칠세라 다가가 인사를 했다.

"공자가 중손 대부께 인사 올립니다."

"비가 억수로 퍼붓는데 공구는 어찌 여기 있는 것이냐?"

"저는 담나라 군왕을 애절하게 기다리고 있었습니다. 이 쏟아져 내리는 빗속에서 시기를 놓일까 봐 떠나지 않고 있었나이다."

담자가 동행한 사람들의 부축으로 마차에서 내려오고, 중손 대부가 공자라고 소개하자 공자는 절을 올렸다. 모두 숙소에 들어가 손님과 주인이 따로 자리를 정했을 때, 공자는 자기가 여기까지 오게 된 사연을 말했다. 담자는 이처럼 배우기를 즐기는 공자에게 매우 감동하여 열정적으로 그를 맞았다. 그가 묻는 문제에 완곡하면서도 친절하게 대답해 주었다.

"옛적에 황제 헌원(軒轅) 씨는 구름으로 관리를 다스려 이름을 떨쳤지요. 염제 신농(神農) 씨는 불로 백관을 다스려 이름을 떨쳤고, 태호(太昊) 포희(包犧) 씨는 용으로 관리를 다스려 이름을 떨쳤습니다. 옛날 우리의 조상 소호(少皞) 씨가 나라를 세울, 때 봉황들이 앞뜰에 모였음으로 봉황이 길상지조라 여겨 새로 백관을 다스려 그 이름을 떨쳤다 합니다."

공자는 담자의 아낌없는 가르침에 사의를 표하며 소호 씨 시대의 관리들에 대해서도 물었다. 담자는 이에 대해서도 일일이 대답해 주었다.

"나는 천자 신변에 이런 일을 담당하는 사람이 없고 오직 이러한 학문은 산지사방의 시골 사람에게만 남아 있다고 들었습니다. 지금 와서 보니 꼭 맞는 말인 것 같습니다."

그 후 공자는 사람들을 향해 말하고 담자에게 많은 것을 배웠다. 특히 자기 조상에 관해 자세한 이야기를 들을 수 있었다.

사양자에게 거문고를 배우다.

공자가 29세 되던 어느 화창한 봄날 바람은 시원하고 날씨 또한 따뜻했다. 새들은 지저귀고 꽃이 만발한 큰길에는 마차 한 대가 천천히 가고 있었다. 증석이 수레를 몰고 공자는 수레를 부여잡고 마차 위에 꼿꼿이 서서 묵묵히 차창 밖의 봄 경치를 감상하고 있었다.

공자의 이번 출장은 이웃 성의 양자(襄子)를 만나 그를 스승으로 모시고 해금을 배우려는 것이다. 공자는 음악에 대하여 남다른 천부적 재능이 있어, 어떤 관악기라도 입에만 대면 볼 수 있었고 현악기는 손가락에 닿기만 하면 연주할 수 있었다. 십여 년 전부터 출중한 나팔수로 소문났던 사람으로, 어느 악단에서도 으뜸가는 악사로 십여 년이라는 세월 동안 연마한 솜씨가 절정에 달했다. 하지만 그는 연주만 뛰어나고 음악에 대한 이론이 부족해서 항상 성이 차지 않아 만족감을 느낄 수 없었다.

그는 학문을 끝까지 연구하려는 성질이 있었다. 그래서 여기서 찔끔, 저기서 찔끔하는 것이 아니라 엄격한 계획으로 몇 년이라도 시간을 들여 끝장을 보려는 성미였다. 몇 년 전부터 전통 민속에 관심을 기울였다가 요즘에는 음악이론 연구에 전심전력을 다 하고 있었다.

사양(師襄)은 노나라의 악관이다. 당시에 악관을 사(師)라 불렀는데 '사'는 후에 이 직에 종사하는 사람들의 성이 되어 이름 앞에 함께 불러 사양이라 했고 또, 이를 존칭하여 사양자라고 불렀다.

사양자는 음악이론에 뛰어나 각 제후국에 소문이 자자했다. 사양자는 공자가 방문한다는 소식을 듣고, 대문 밖까지 나와 맞아 객실에 모시고 상객의 예로 대접했다. 그들은 몇 년 전부터 친한 벗으로 사귀어 왔고 또 서로 우러러왔지만, 거리가 멀고 사업 때문에 자주 만날 수가 없었다. 공자와 사양은 차를 마시면서 지나간 일을 이야기했다.

"공구는 스승에게 음악을 배우러 왔는데, 스승을 모시는 인사는 해야 하지 않겠나이까?"

사양자가 정색하며 말렸다.

"당신이 사생 지레를 베풀면 저는 곧 축객령을 내리겠나이다. 친한 옛정을 되새긴다면 저희는 소쿠리 밥에 항아리 국으로 충분합니다. 당신에 대한 환영을 베풀겠사오니 두 가지 중 하나를 선택해 주십시오."

공자는 더는 고집하지 않았다. 증석에게 예물 사러 가는 일을 하지 말라 일러놓고 사양에게 말했다.

"옛 친구의 만남에 예사로 먹는 보통 음식이 오히려 저의 마음을 편안케 합니다."

공자는 급한 성격이었기에 일분일초라도 허비하고 싶지 않아 몇 마디 하지 않고 말머리를 돌려 해금 배우는 본 화제로 넘어갔다. 사양은 또한 확실한 사람으로 옛 친구를 상대한 참에 마음을 털어놓고 청산유수처럼 가르쳐 주었다.

"신농씨가 오현 금을 창조하여 음란하고 방탕한 일을 금지했고 사람 마음을 바로잡아 놓았나이다. 거문고는 오동나무로 만들어야 제대로 소리를 냅니다. 오동나무는 양에 속하여 영성(靈性)을 가지고 있어 윤년을 알 수 있지요. 즉 윤년이 아닌 해에는 잎이 12개가 피고 윤년에는 잎이 13개를 피웁니다. 또한, 가을도 잘 알고 있어 입추가 되면 반드시 잎이 집니다.

금을 만들 수 있는 오동나무는 바로 노나라 역산에서 생산되는 것이어야 합니다. 그 윗면은 둥글어 하늘을 상징하고 밑면은 네모나서 땅을 상징합니다. 길이는 석 자 육 치니 당연히 일 년 삼백육십일을 상징합니다. 그리고 넓이는 여섯 치라 육합을 상징하고 앞이 넓고 뒤가 좁습니다. 이는 지위·신분 등의 높음과 낮음을 상징하고 위가 둥글고 밑이 네모납니다. 이것은 천지를 상징하고 오현(五玄)은 금, 목, 수, 화, 토 오행을 상징합니다.

대현은 군자요, 소현은 신이라 할 수 있습니다. 제1현은 배궁음에서 제2, 제5현에 이르기까지 차례가 있습니다. 상(商), 각(角), 정(征), 우(羽) 4음으로 되어 있습니다. 현(弦) 밖에 또 열개의 용순이 있어 휘(徽), 수

(首), 미(尾), 순(脣), 족(足), 복(腹), 배(背), 견(肩), 요(腰), 월(越)이라 합니다. 금순(琴脣)을 용순(龍脣)이라고도 하며 족을 용봉족(龍鳳足)이라고도 합니다. 배를 선인(仙人)이라고도 하고 요를 미녀(美女)라고도 합니다.

월에 있어서 긴 것은 용지(龍池)라 하고 짧은 것은 봉소(鳳沼)라 합니다. 용지의 길이는 여덟 치고 봉소는 네 치로 사기(四氣)에 합치됩니다. 같은 계열의 현이라도 그 명칭은 모두 다릅니다. 금의 맨 위 끝에 달린 것은 임악(臨岳)이라 하고, 맨 뒤 끝에 높게 달린 현을 악산(岳山)이라 하고, 견아래 달린 현을 연족(鳶足)이라 하고, 족 아래 현을 조절하는 꼭지는 진(軫)이라 합니다."

한창 말하다가 어느덧 날이 저물어진 것을 알고 사양자는 연회를 베풀어 먼 길을 온 공자를 환대해 주었다. 공자는 주량이 대단하지만 절대 과음하지 않고, 식사 중에는 말을 하지 않는 습관이 있었다. 식사 후 사양자는 공자와 증석을 뒷방으로 모셔 쉬게 하였다.

이튿날 공자는 아침 일찍 일어났다.

저녁에 아무리 늦게 자더라도 다음날 같은 시간에 일어났다. 그의 생활 습관은 일찍 일어나 광야에 나가 신선한 공기를 마시는 일이다. 몸을 움직여 활동한 다음 돌아와 촛불을 켜고 아침 공부를 시작했다.

아침 식사가 끝난 후 공자의 하루 공부가 시작되었다. 서당에서 다리를 틀고 마주 앉은 어린 학생같이 앉아서 거침없이 사양자에게 질문하기 시작했다.

"선생에게 묻나니, 명품으로 어떤 것들이 유명합니까?"

사양 자는 이에 대해 차근차근 설명해 주었다.

"거문고는 제일 낡고 제일 표준적인 것이 있습니다. 그것은 영진(嬰鎭)과 공수(貢粹)라고 하는 옛날 거문고입니다. 전하는 바로는 복희씨가 만들었다고 합니다.

그다음으로는 단위(丹緯)와 조상(粗床)이라고 하는 거문고가 있는데 백황(柏皇) 씨가 만든 것이고, 전모금(電母琴)은 제준(帝俊) 씨가 만들었고, 균수금(菌首琴)과 백민금(白民琴)은 안용(晏龍) 씨가 만들었다고 합니다. 국아금(國阿琴)은 이척(伊陟) 씨가 만들었고, 칠현금(七弦琴)은 문왕이 만들었고, 향풍금(嚮風琴)은 주선왕이 만들었고, 청번금(青番琴)은 초무오(楚無汚) 씨가 만들었고, 와빙금(臥冰琴)은 최사(崔駟) 씨가 만들었다고 합니다. 이러한 거문고는 모두 고인이 손수 만든 명품들로 이것을 얻어 열심히 연습하면 명연주가 될 수 있습니다."

공자는 닫는 말에 채찍질하듯이 다시 물었다.

"만일 고인들의 명품을 얻지 못하고 보통 거문고로 연마한다면 명연주가 될 수 없는지요?"

"선생처럼 선천적으로 총명한 분은 고금이 필요한 것은 아닙니다. 배움에 게으름 없이 고인들의 기법에 따라 연주하면 됩니다. 선생 역시 명연주가가 될 수 있다고 생각합니다."

사양자는 대답하고 나서 옆에 있는 거문고로 한 곡을 연주했다. 공자는 옆에서 조용히 듣노라니 이 곡이야말로 보통 곡이 아니었다. 전혀 들어본 적이 없는 곡이었다. 기법과 기교 또한 탈속하여 출중하고, 절정은 사람을 황홀케 했다. 사양자가 또 한 곡 타자 공자는 일어서더니 연신 사례를 했다.

"공구는 마치 우물 속의 개구리와도 같았습니다. 선생께서 타는 신곡(神曲)을 듣고서야 푸른 하늘이 큰 줄 알았나이다. 공구는 방에서 조용히 거문고를 타겠사옵니다. 모르는 바는 다시 와서 가르침을 받겠으니 선생의 뜻은 어떻습니까?"

"편한 대로 하십시오."

사양자는 공자를 뒤뜰로 안내했다.

공자에게 마음대로 거문고를 탈 수 있게 배려한 것이다. 공자는 뒤뜰에서 거문고를 연마하느라 연 3일이나 외출하지 않았다. 사양자가 푸짐한 음식상을 차려놓고 때마다 청했으나 모두 거절했다. 다만 증석에게 찐빵이나 가져오라 하여 허기를 달랬다.

나흘째 되던 날 사양자는 공자의 방에서 흘러나오는 거문고 소리를 들었다. 숙련된 곡조라서 들은 후, 공자의 방에 들어가 이미 숙련되었으니 새로운 곡을 권했다. 그러나 공자는 일어서 공손히 인사를 올릴 뿐 듣지 않았다.

"선생님의 가르침에 대해 감사를 드립니다. 이 곡은 이미 숙련은 되었으나 기교만은 아직 숙련되지 못했사옵니다. 하오니 공구에게 계속 연습할 수 있게 하여 주옵소서."

또 사흘이 지났다.

공자의 방에서 들려오는 거문고 소리는 대단한 경지에 이르렀다. 음조가 조화롭고 운치가 무궁하며 기교가 아주 숙련된 소리였다. 거문고 타는 소리를 들은 사양자는 공자를 뛰어난 거문고 연주자라 칭찬하며 새 곡으로 바꿀 것을 권고했다.

"선생님의 칭찬이 과분하십니다. 제자는 기법과 기교가 이미 숙련되었으나 아직 미숙한 점이 많습니다. 이 곡의 지향점과 고상한 풍미에 대해 간파하지 못했습니다. 작곡가의 진실도 밝혀낼 수가 없사옵나이다. 그의 특징과 풍모를 상상치 못하고 있는데, 삼일의 시간만 더 주옵소서."

공자가 거문고 연습한 지 열흘째 되는 날 사양자는 마당에서 취할 듯이 꼼짝하지 않고 듣고 있었다. 거문고 소리는 그를 망망한 바다로 이끌고 가는 듯, 바다의 흉금은 그렇게도 넓어 속은 무한히 풍부하고 성품은 변화 다단했다. 그의 눈앞에는 갖가지 풍경이 펼쳐지는 듯했다. 노호한 바다가 천 리 푸른 물결을 날리는 듯, 다정다감한 애인이 나란히 누워 소곤소곤 사랑 이야기를 나누는 듯, 그를 봄철 무르익은 녹화원으로 안내하는 듯, 잎은 푸르고 백화는 만발한 정경이 펼쳐진 듯, 새들이 목청껏 노래를 부르고 냇물이 조용히 노래하는 듯, 길손들이 환희 속에서 들끓고 있는 듯한 착각에 빠지게 하여 모든 것이 그렇게도 조용하고 조화로웠다.

거문고 소리는 또 그를 넓은 초원으로 안내했다. 푸른 풀들이 대지에 푸른 주단을 깔아 놓고 양 떼가 뛰노는 듯, 하늘의 흰 구름이 뭉게뭉게 피어오르는 것을 방불케 했다. 목동들은 구성진 노래를 부르는 듯하여 사양자가 거문고 소리에 취해 있는데, 갑자기 거문고 소리가 딱, 멈추어 버렸다. 사양자는 웬 영문인지 몰라 방에 들어가 보았다. 공자는 바른 옷차림새로 탁상 앞에 마주 앉아 깊은 사색에 잠겨 마치 넋이 나가 보였다. 발걸음 소리에 놀라 깨어난 공자는 앞에 서 있는 사양자를 보더니 별안간 일어서서 평소처럼 지켜오던 인사도 잊은 듯 격동된 나머지 두 손으로 사양자의 두 어깨를 덥석 잡았다.

"공구가 거문고를 타고 있는데 저도 모르게 앞에 한 고인이 서 있지 않겠습니까? 그의 얼굴은 검실검실하고 위엄이 있어 보였습니다. 키는 한 장이고 눈빛은 번개인 양 환했습니다. 성품은 온유하면서도 두터워 보였습니다. 그 형상이 마치도 태묘의 주문왕(周文王)과 똑같아 보였는데… . 혹시 이 곡이 주문왕께서 몸소 지으신 것입니까?"

사양자는 그 말을 듣고 너무도 놀라 합장하고 연신 허리를 굽신거렸다.

"옳습니다. 옳습니다. 저의 스승이 전수할 때, 작자가 바로 주문왕이라 알려 주었사옵니다. 이 곡의 이름도 문왕조(文王操)라 하였습니다.

공자는 참말로 총명이 출중하여 한꺼번에 주악의 정수를 찾아내셨습니다. 이 늙다리는 공자에 비해 헛나이를 먹어 그대의 뒤 발꿈치에도 서지 못할 겁니다."

라고 말하면서 공자의 옷섶을 잡고 한데 어울렸다. 그들의 모습은 마치 두 장난꾸러기 아이들 같았다.

공자가 사양자에게 말했다.

"선생의 올바른 가르침 덕분이나이다. 기술을 배우려면 명사(名師)의 지도가 없이는 안 되는 것입니다. 그것은 마치 어둠 속을 더듬는 듯한 것입니다. 명사가 나타나면 마치 어두운 동굴에서 갓 나온 것처럼 보입니다. 눈앞에는 찬란한 광명이 나타나는 것이니까요. 공구의 이번 행차는 헛걸음이 아니었습니다. 내일 곧 떠나겠나이다."

공자는 증석에게 연회를 마련하게 하여 답사를 했다.

식사가 끝난 후 공자와 증석은 이별의 아쉬움을 안은 채 떠났다. 사양자는 절세의 경지에 닿은 공자의 금슬을 칭찬했다. 또한 음악의 희망은 공자에게 달렸으며 천하의 희망도 그에게 달렸다고 말했다.

꺾여야 온전한 것이 알려지는 것이다.
굽은 것이 있어야 곧은 것이 알려지는 것다.
우묵한 것이 있어야 알려지는 것이고,
낡은 것이 있어야 새것이 알려지는 것이다.
적은 것을 알려야 얻음이 있고
많은 것이 있어야 유혹이 생긴다.

제5장

행단을 꾸려
제자를 교육하다

사관하고 행단을 꾸려 설고 강학할 것을 결심

교육으로 국가의 백년대계를 세우다

은행나무를 옮겨 심고 이름을 행단이라 짓다

최초의 성문법을 남긴 자산의 죽음을 슬퍼하다

자로를 제자로 맞아 인을 실천으로 가르친다

자로에게 활과 화살에 대한 비법을 전수하다

맹 씨 형제를 제자로 받아 인을 가르친다

종의 신분인 연경을 제자로 받다

주나라 사신으로 가서 노자를 만나다

꿈에 주공을 만나고 태묘를 관람하다

노자의 자기습득 교육 방법을 배우다

장홍을 만나 악에 대해서 배우다

가르침 없이 가르치고 질문 없이 질문하는 노자

孔子

사관하고 행단을 꾸려 설교 강학할 것을 결심하다

공자가 30세 때 그에게는 일생에서 가장 결정적인 한 해였다. 열다섯 살 때부터 공부에 뜻을 두고 학문을 연마하기 시작하여 '서른이 되니 벌써 기초가 든든하게 닦여지더이다.'라고 말한 적이 있는 그는 문헌을 중심으로 공부했다. 사회현상을 따라서 공부하고 실천하며 모든 활동에 적극적으로 참여하여 귀족들이 익혀야 할 육예(六藝)뿐만 아니라 각종 학문에도 정통하게 되었다.

그가 익힌 고급 육예는 한나라 이후에 존칭하여 육경(六經)이라 하고 시(詩), 서(書), 역(易), 춘추(春秋), 예(禮), 악(樂)을 말한다.

공자의 학문 세계는 현실 세계를 중심으로 대표적인 제후 분쟁이나

무도한 사회 현실과 결합하여 분석 연구했다. 이를 관찰하여 자기의 완전한 사상 체계를 형성했다.

무더운 여름의 어느 날 공자는 관청에서 열심히 일하고 있었다. 그런데 증석이 들어와 새 소식을 전했다.

"초 평왕은 간신 영신비(佞臣肥)의 무도한 감언이설에 넘어가 며느리인 진나라 여인 맹영(孟嬴)을 첩으로 맞았고, 태자 건(建)을 축출하여 진성(鎭城)을 떠나라고 영을 내렸다."라는 것이다.

공자는 증석이 말을 끝맺기도 전에 탁상을 치고 일어서면 호통쳤다.

"짐승보다도 못한 것들!"

사실, 이런 일들은 공자에게 있어서 신기한 일도 아니었다. 이렇게 대노한 원인은 근래에 있었던 주나라 왕실의 쇠퇴와 예의가 무너지고 인심이 동강 나고 있어 이 같은 동란에 부대끼는 천하의 형국을 근심하고 있었기 때문이다. 더구나 자신의 선택에 불안을 느끼던 차였기에 현실을 목격하니, 하늘과 땅이 맞붙는 것 같았다. 도도히 흐르는 황하에 진탕 물이 일어나는 것 같았다. 먹구름이 밤하늘을 가려 별들이 빛을 잃고 산간은 검은 연기와 장기(瘴气)가 꽉 차 초목도 분간키 어려운 듯했다.

공자는 선조들의 옛이야기로 정고부(正考夫)가 송나라 삼공(三公)을 연임한 일이나 부친 숙량흘 장군이 벽양지전(偪陽之戰)에서 두 팔로 현문을 받쳐 든 용감한 일이 생각났다. 또 어머니 안정재의 피 나는 눈물과 애틋했던 마음과 천년 고송처럼 데글데글 했던 두 손과 병석에서 하신 말씀이 생각났다.

'꼭 출세하거라!'

임종할 때 하신 부탁과 축언(祝言)처럼 '솟아, 솟아라. 솟… ' 말씀과 눈앞엔 친인들의 모습이 떠올랐지만, 자신은 벌써 30세가 되었다. '사람이 30세면 정오(正午)가 지난다.'라는 속담도 있는데 대체 무엇을 했는가. 온종일 나랏일에 열중하고 하찮은 일에 신경을 쓰다 보면 언제 출세한단 말인가.

'출세라고. 주공(周公) 식의 인물밖에 더 되겠는가! 전설 중의 반고(盤古)처럼 도끼로 튼튼한 세계를 개벽하지는 못할 망정 경하(涇河)와 위하(渭河)를 분류시킬 수는 없단 말인가. 어째서 현 상태의 그릇된 것들을 바로 잡지 못하여 문무주공(文武周公)의 세상이 다시 돌아오지 못하게 한단 말인가!'

이 많고 많은 문제가 끓어오르는 물처럼 가슴 속에서 출렁거렸다. 오리무중에 허덕이고 있는 것 같아 심정이 몹시 괴로웠다.

그 후 그는 사람들에게 다음과 같이 말했다.

"군자는 기쁜 일에 희색을 띠지 않아야 하고, 근심에도 얼굴색을 흐리지 않아야 한다. 이러한 품성을 간직하는 것은 참으로 힘든 일이다."

한차례 폭우가 지나간 뒤 공자는 새로운 깨달음을 얻었다.

"군자 무검불유(無劍不游)라!"

공자는 허리에 검을 차고 증석에게는 활을 메라 했다. 그리고 역산(嶧山)으로 떠났다. 비 온 뒤라서 맑은 첫새벽의 신선한 공기를 듬뿍 마실 수 있었다. 산속 옹달샘의 맑은 물에 손을 담가 심령의 오물들을 깨끗이 씻어버릴 대자연의 계시를 깨닫고자 함이었다.

비 온 뒤의 역산은 짙은 푸른색으로 단장하여 초목은 씻은 듯했고, 꽃들은 예쁨을 자랑하려 다투어 피어나고 있었으며 노루는 도망가고, 여우는 숨고 꿩이나 새들은 달음박질하며 꾀꼬리는 놀아났다.

공자는 활을 찼으나 수렵에 뜻을 품은 것이 아니었다. 산 아래까지 가서 등산하기 시작하여 산꼭대기까지 올라가 고송에 의지하고 눈길은 멀리 절경들을 구경하면서 깊은 생각에 잠겼다. 산꼭대기에 큰 바위가 하나 놓여 있었다. 한복판이 우묵하게 파여 들어가 구덩이가 생겨 빗물이 고여 있었다. 그러나 물이 맑아 밑까지 훤하게 들여다보였다. 공자는 바위 위에 앉아 쉬었다. 구덩이 안의 맑은 물을 물끄러미 바라보면서 꽤 감개무량 해했다.

이 물은 대자연 그대로 티끌 하나 없이 맑구나. 흐려진 강물과 전혀 다르다. 그러나 대해처럼 가없이 넓지는 않다. 햇빛의 증발에 못 이겨 얼마 있지 않아 영영 종적마저 감춰버릴 것이다.

"물, 하천이나 호수나 바다의 흐름 속에 들어가야 한다. 그래야 거대한 힘을 얻게 되어 그 생명이 영원해진다. 나야말로 바로 이 구덩이 속에 갇힌 물이 아닌가. 맑기는 하나 미약하여 참으로 가련 하구나!"

한숨을 쉬고 나서 공자는 증석과 함께 산골짜기로 내려갔다.

충계가 심한 산골이라 저마다 물살이 급했다. 발아래에는 냇물이 노래를 부르고 있었다. 곤두박질하며 떠들썩하게 흘러갔다. 물결 따라 내려가면서 이따금 깊은 못들이 생겼다. 그 안에서 고기들이 노는 것을 아주 똑똑하게 볼 수 있었다. 이 청계(淸溪), 급류, 깊은 못의 물은 산꼭대기 바위 구덩이 물과 같은 물이었다. 순결하다. 그러나 힘차게 움직이고 있다. 그것은 오직 자기의 역량을 힘껏 나타낼 수 있게 합했기 때문이다.

공자와 증석은 계속 계곡을 따라 내려가 사수(泗水) 강변까지 갔다. 장마철인 사수는 많은 계곡물이 모여들어 탁류의 파도가 도도했다. 그 울부짖는 소리에 귀청이 진동했다. 제방 몇 곳이 홍수에 밀려 밭과 마을을 물에 잠기게 했다. 공자는 우두커니 서서 한탄만 하고 있었다. 그의 사상과 감정은 저 도도히 흐르는 강물처럼 저 멀리 일사천리로 달리고 있었다.

"한평생의 길을 걸으며 현실을 묵인하고 돌 구덩이에 갇힌 물처럼 순결하게만 살아야 하는가!"

그렇게 산다면 사람들에게 청렴하다는 칭찬은 받을 수 있을 것이다. 그러나 힘이 없고 수명 또한 짧을 것이다. 이 길은 공자 자신이 택할 길이 아니다.

다른 한 길은 천계만수가 합쳐 흐르는 사수 같은 길이다. 온갖 잡동사니들이 한데 모여 아무렇게나 흘러가는 길이다. 자신의 재능으로 이 길을 택한다면 앉아서도 부귀영화를 누릴 것이다. 아마도 세찬 파도 중에서도 최고봉에 이르게 될 것이다. 단숨에 하늘에 올라 가만히 앉아서도 쉽게 할 수 있을 것이다. 하지만 그로서는 이 길을 택할 수 없다. 그리고 택하려 하지도 않았다.

따라서 더욱 고민했다. 그 후 그는 제자들에게 다음과 같이 정중하게 훈계했다.

"예의에 어긋남은 보지도 마라! 예의에 어긋남은 듣지도 마라! 예의에 어긋남은 말하지도 마라! 예의에 어긋남은 행동하지도 마라!"

'예의에 어긋나는 길, 그로서는 단 한 발자국도 내딛기 어려웠다. 하늘의 뜬구름이나 안개와 같이 되는 것을 경계했다. 바람에 나부끼는 대로 영원히 비도 되지 않을 것이며 땅에 떨어지지도 않을 것이다. 고인물이 되지도 않고, 하천과 합류되지도 않은 은사(隱士)의 길은 아무런 구속도 없을 것이다. 세태의 여파도 따르지 않게 될 것이다'라고 생각했지만, 공자는 이런 사람을 멸시했다. '장저(長沮)와 걸닉(桀溺)처럼 날짐승과 맹수와 떼를 짓지 않는다.'라고 질책했었던 것에서 알 수 있다.

오직 이 길을 걸음으로써, 올바른 길로 행해야 한다. 또한, 천하의 백성을 위하는 이상적인 정치를 실현해야 한다.

'크게 성공하지 않고 무슨 면목으로 선인들을 뵐까! 큰일 한번 하지 못하고 저승에서 선인들을 어찌 뵐 수 있겠는가!'라고 생각하며 또 다른 길은 새로운 길을 개척하는 것뿐이라 했다.

그는 흙모래를 고정하면 사수는 맑아질 것이다. 물골을 파고 맑은 냇물만 한 골에 모이게 하면 천하에서 제일 맑은 강이 될 것으로 생각했다. 그래서 그는 평민교육(平民敎育)을 창설하기로 마음먹었다. 교육의 범위를 넓히고 육예(六禮)의 방법으로 가르치기로 했다. 위로는 군주에게 충성하고, 아래로는 백성에게 복을 누리게 하는 것이다. 현능한 대신을 양성함으로써 간신의 길을 막아 조강(朝綱)이 부진(不振)한 사회 현실을 개혁해 나갈 수 있을 것이다. 그래서 나라가 태평성세의 꿈을 이루게 하는 것으로 생각했다.

산수(山水)에서 공자는 모닥불을 피우고 야외에서 숙박했다. 며칠 밤

묵을 셈이었는데 자신의 고민이 쉽게 풀릴 줄 몰랐다. 와자지껄한 곡부성을 떠나 대자연의 품에 안기니 생각이 빨리 돌았다. 흩어진 실마리처럼 순순히 생각이 풀릴 줄 자신도 예상하지 못했다. 공자는 마음을 다잡고 증석을 재촉하여 재빨리 돌아가기로 했다. 당장 관직에서 물러나 학단을 꾸려 설교강학(說敎講學)하기로 결심했다.

교육으로 국가의 백년대계(百年大計)를 세우다

이날 밤 공자는 뜬눈으로 밤을 지새웠다. 그는 이 시들시들 무너지려 하는 어지러운 세상을 바로 세워 보고 싶었다. 예의가 붕괴하고 음악이 파괴되는 이 현실을 개혁하려고 결심했다. 이 나라를 수리하려면 대량의 훌륭한 재료들이 있어야 한다. 튼튼한 기둥과 들보와 서까래와 건축 자재가 필요하다. 이러한 것들은 하늘에서 펑펑 떨어지는 것이 아니다. 교육을 통해서 육성하여 길러 내야 한다. 그렇다면 교육을 어떤 방법으로 진행할 것인가!

공자는 이 문제에 대하여 직녀처럼 칠색 무지개를 짜나갔다. 공예사처럼 아름다운 설계도를 만들어 갔다. 또 화가처럼 오색영롱한 색채를 조화시켜 나갔다. 문학 대가처럼 청사에 빛낼 명작들을 구상해 나갔다. 현재의 교육은 오직 극소수 귀족 자제들만 받고 있다. 그리고 학부의 교사는 저마다 낡기 짝이 없는 자들이다. 기둥감을 찾아 길러 내는 중임을 맡기에 적당하지 못하다. 학생들은 또한 학교에서 서로 간의 신분이나 비교하고, 직위나 비교하며 풍족한 생활만을 추구하는 게 현실이다. 온종일 닭싸움 개싸움이나 하고, 망나니짓만 찾아서 하며 진보적인 일이나 학문에는 뒷전이었다.

지금까지는 소수 인사가 개별적으로 교당을 꾸린 일은 있었지만, 부귀를 누리기 위한 관리의 높은 집 자제들만 교육했다. 절대다수 평민 자제는 여전히 서당 문밖에서 맴돌아야만 했다. 교육받을 기회는 그들에게는 주어지지 않았다. 이렇게 계속 나간다면 어떻게 인재를 육성할 수 있단 말인가? 가정을 잘 거느리고 나라를 잘 다스릴 인재를 양성할 길이 없다. 예의가 무너지고 음악이 파괴되는 국면에서 언제나 개혁이 이루어지겠는가.

공자는 학교를 꾸려 모든 사람을 가르쳐 이끌어주고, 가르치는 상대에게 차별을 두는 일이 없음(有敎無類)을 실천하고자 했다. 즉 빈부를 가리지 않고, 귀천을 가리지 않고, 노소를 가리지 않으며, 국적을 가리지 않고, 누구든지 모두 받아들여 교육하기로 결심했다. 수속도 아주 간단하게 꿩 한 마리를 지례(贄禮)로 하여 상징적으로 스승에 관한 경의로 사례를 표하면 되게 했다. 공자가 모든 것을 작성해 놓으니 어느덧 새날이 밝았다.

그는 아침도 드는 둥 마는 둥 하고 중손 대부에게로 가서 동의와 지지를 받고자 했다. 다음으로는 학교 건설 경비를 장만하기로 했다. 공자는 곡부에서는 물론 노나라에서까지 영향력이 큰 사람으로, 사람들이 그를 아주 존경했다. 중손 대부도 그를 아끼고 있었다. 중손 대부는 공자와 담자와의 문답에서 그들의 식견을 칭찬했다. 그의 학문과 명망은 꼭 학교를 잘 꾸려나갈 수 있으리라 굳게 믿었다. 다만 유교무류(有敎無類)의 학교 운영 방법에는 반대 의견을 내놓았다.

이에 공자는 중손 대부에게 "중손 대부께서 늘 공구의 마음을 헤아려 주시니 감사하옵니다. '사람을 사랑하고 혈육처럼 대하라(汎愛衆而親人)'고 말씀하셨습니다. 범(汎)이란 넓다(广)는 뜻이요 인(仁)이란 사랑이란 뜻이옵니다. 교육 사업을 하려면 광범위하게 제자들을 받아들여야 합니다. 그렇지 않고 교육받을 기회를 두루두루 주지 않는다면 범(汎) 자와 인(仁) 자를 어떻게 의론할 수 있겠습니까? 어떤 주장이든 행동과 실천이 있어야 합니다. 그렇지 않으면 빈말만 하는 간악한 자밖에 될 수 없을 것입니다."라고 했다.

중손 씨는 대부의 관직이지만 공자와 상대가 되지 않았다. 지식이든 언변이든 공자에게 자기 뜻을 굽혀 수긍했다.

공자는 또 다음과 같이 말했다.

"사람의 본성은 근사하고 엇비슷합니다. 그러나 도덕과 지식 면에서 중대한 차이가 있습니다. 그것은 후천적으로 물들여진 것으로 교육받은 결과라 할 수 있습니다. 예를 들면 두 필의 흰 천은 그 질과 색채가 모두 엇비슷했습니다. 한데 이것은 마치 사람의 성(性)과 같은바 성은 상근입니다. 염색소의 일꾼들은 아주 엇비슷한 천을 남색과 홍색으로 만들 수 있습니다. 염색소가 담긴 두 독 안에 넣은 결과였습니다. 한 필은 남색으로 다른 한 필은 홍색으로 변해버린 것입니다. 이것은 마치 사람의 습성과 같은바 습(習)은 상원(相遠)입니다."

빈부와 귀천을 논함에 있어서 공자는 또 다음과 같이 말했다.

"이것은 원래부터 고정불변이 아니라 늘 서로 전환되는 것입니다. 허유(許由)와 무광이 군자라 하지 않으려는 실례가 있습니다. 그들이 없었다면 요와 순의 명예와 존귀가 있을 수 없었을 것입니다. 꼭 같은 치수(治水)라 하지만 곤(鯀)과 우(禹)는 달랐습니다. 곤(鯀)은 축융(祝融)에게 우교(羽效)에서 피살되었습니다. 하지만 그의 아들 우(禹)는 그 이름이 만세까지 날렸습니다. 관중(管仲)과 백리계(百里溪)의 경우도 있습니다. 상고(商賈) 출신인 관중(管仲)은 제환공(齊桓公)을 패왕(霸王)이 되게 했습니다. 소몰이 출신 백리계(百里溪)는 진을 도와 패왕(霸王)이 되게 했습니다."

중손 대부는 공자의 주장에 진심으로 공감하여 연신 머리를 끄덕였다. 공자가 관직을 사임하고 학교를 세울 것을 지지했다. 또 그가 지향하는 바를 소공(昭公)에게도 아뢰었다.

이에 소공은 찬성하는 귀족들을 규합하여 모금자조(慕款資助) 할 것을 확답해 주었다.

은행나무를 옮겨 심고 이름을 행단(杏亶)이라 짓다

공 씨네 집, 작은 울안은 유난히도 북적였다. 공자는 마을의 젊은이들을 데리고 흙을 쌓아 강단을 만들었다. 어떤 사람은 곡괭이질하고 어떤 사람은 삽으로 땅을 팠다. 어떤 사람은 자재를 운반했는데 저마다 부지런했다. 그와중 여름의 무더위는 사람들을 통째로 굽는 듯 따가웠다. 바람 한 점 불지 않아 옷에는 땀이 흥건했다. 이 젊은이들 가운데는 전에 공자와 함께 목동 질을 한 사람도 있었다. 나팔 수를 하던 단짝도 있었다. 만부(曼父), 증석(曾晳), 안로(顏路)와 같은 단짝 친구도 당연히 있었다. 그리고 낯설은 청년은 멀리서 온 학생들이었다.

문벌을 가리지 않고 학생을 모집한다는 소문을 듣고 찾아온 것이다. 열 살되는 아들 공리(孔鯉)와 아홉 살된 딸 무위(無違)도 있었고 열다섯 살 난 조카 공멸(孔蔑)도 있었다. 열네 살인 질녀 무가(無加)도 신명이 나서 함께 했다. 사람이 많으니 일손도 많아 반나절도 안 되는 동안에 일이 끝났다.

강단이 완공되었을 때 누군가가 말했다.

"은행나무 한 그루를 강단 옆에다 옮겨놓는 것이 좋겠습니다. 식목철은 아니지만, 뿌리를 크게 떼고 흙도 많이 묻히면 살 것입니다."

여러 사람의 도움으로 은행나무 한 그루를 옮겨 심었다.

공자는 은행나무의 파릇파릇하고 야들야들한 작은 잎들이 미풍 속에서 하늘거리는 모습을 뚫어지게 보고 있었다. 은행나무가 무럭무럭 자라 아름차고 은행도 가득 열려있는 것만 같았다. 그는 엉거주춤하게 앉아 곧고 바른 은행나무를 어루만지는 순간이었다. 머릿속에 무엇인가 떠올라 혼자 중얼거렸다.

"은행나무는 과일이 많이 맺히는데, 그것은 제자가 많음을 상징하는

것이다. 은행나무는 곧고 바르며 구부러지지 않는다. 이것은 제자들의
정직한 성품을 상징하는 것이다. 은행나무의 열매는 식용이 되고 약용
으로도 된다. 이것은 제자들의 앞길을 예고해 주는 것이다. 졸업 후 국
가와 민족을 위해 헌신 봉사할 수 있음을 의미하는 것이다."

이 강단을 행단이라 이름 짓자!

공리 자매들은 너무도 기뻐서 퐁퐁 뛰고 손뼉까지 치며 좋아했다.
더구나 이름이 묘하다 하며 모두 공부하겠노라 야단법석이었다. 까불
이 공리는 아버지의 등을 밀어 강단에 오르게 하고 청신한 흙냄새가
풍기는 강단 제일 앞자리에 무릎을 풀썩 꿇고 절을 하면서 아뢰었다.

"스승님께 아뢰옵나이다. 제자의 절을 받으옵소서!"

공자가 아들을 번쩍 안아 머리 위까지 추켜들면서 크게 웃었다. 공
자가 웃는 바람에 옆 사람들도 함께 웃었다.

이튿날 행단에는 많은 사람이 모여 왔다. 몇 살 밖에 안 되는 아동부
터 반백이 넘는 늙은이까지 있었다. 하지만 청소년이 그래도 대다수였
다. 그들의 손에는 지례(贄禮)인 마른 꿩고기를 들고 있었다. 질서있게
대열을 지어 순서대로 공자에게 절을 올렸다. 행단 주위에는 구경꾼이
물샐틈없이 모여 섰다. 이 날부터 공자는 매일 행단에서 강의를 했다.
산지사방에서 제자가 구름처럼 모여들었다. 학생들의 수준에는 차이
가 크게 났다. 공자는 그들을 초급반과 고급반으로 나누었다.

초급반에서는 초급 육예를 가르쳤다. 주로 예(禮), 악(樂), 어(御), 서
(書), 수(數)와 같은 것들이었다. 고급반에서는 고급 육예를 가르쳤다.
주로 시(詩), 서(書), 예(禮), 악(樂), 역(易), 춘추(春秋)가 주를 이루었다.

어떤 때에는 시간을 제대로 배정하지 못하여 고급반의 우수한 학생들이 초급반을 맡아 가르쳤다.

공자가 처음으로 시작했던 사학(私學)은 새벽에 동이 틀 무렵의 빛과도 같았다. 유구한 동방의 암흑을 밝게 비춰 정적 속의 생명들을 일깨워 주었다. 이는 대대로 허리 굽혀 경작만 하는 사람들에게 희망이 되어 머리를 꼿꼿이 추켜들고 봄바람에 다디단 이슬을 머금게 했다. 두 팔을 크게 벌려 문화 지식을 누구나 끌어안게 하니 땅속의 물, 하늘 위의 구름, 세상의 모든 것들이 신비롭기만 했다. 새로운 문화를 지식으로 받아들이게 되자 모든 사람이 자신의 손으로 문화를 창조하고 학생들의 손에 다시 돌아온다고 같은 소리로 기쁘고 반가워서 고함을 질렀다.

배움의 길은 험난하고 허송세월하는 것처럼 느리다, 하지만 오직 꾸준히 앞으로 나갈 때, 극악무도한 강도나 욕심 사나운 약탈자라도 해낼 수 있다. 누구든지 기다리며 노력하는 자만이 새로운 문화를 창조할 수 있다. 자기를 승화시켜 새 생명을 부여받아 복을 누릴 수 있다.

공자는 자신이 처하고 있는 시대의 독특한 방식으로 교육했고 자신이 새로 개척한 좁은 길 위에서 험난한 여행을 하고 있었다. 갖은 고초를 맛보고 먹고 자는 것도 잊어가며 온 힘을 다했다. 더욱 사회 각 계층의 비방과 조소와 욕설과 모함이 많았으나 아랑곳하지 않았다. 피곤을 잊은 황소처럼 일했다. 민족과 인류를 위해 그리고 자신의 신앙과 소망을 위해 노력했다.

최초의 성문법을 남긴 자산의 죽음을 슬퍼하다.

어느 날 공자가 제자에게 시를 강의하고 있었다.

증석이 달려와 공자께 헐떡거리면서 말했다.

"선생님! 늘 말씀하시던 자산(子産)이란 사람이 죽었다고 합니다."

"그 말이 참말인가?"

공자는 몹시 놀란 어조로 물었다.

"참말이고 말고요. 이 소식은 정가란 사람이 전해 온 것이옵니다."

공자는 그 소식을 듣자 처량히 눈물을 흘리면서 책상에 얼굴을 파묻고 슬프게 울었다.

"자산은 머나먼 정(鄭)나라에 있고 선생님과 아무런 혈연관계도 없는데, 구슬프게 우실 이유가 무엇입니까?

제자들은 이를 보며 당황한 듯 말했다. 그러자 공자는 눈물을 훔치고 나서 말했다.

"자네들은 모르지만, 자산은 세상에서 둘도 없는 정치가로 자신을 엄하게 단속하고 너그럽게 남을 대하는 분이시다. 군주에게 충성하고 일에 열중하고 매사에 백성의 고통과 괴로움을 헤아리지 않을 때가 없었다."

제자에게 자산의 품행을 소개했다.

제(齊), 초(楚) 이 두 큰 나라 사이에 끼어있는 약소한 정나라에서 자산은 20여 년 동안이나 재상을 맡아 일했다. 정나라는 열강들의 침략을 한

번도 당하지 않았는데, 자산이 제(齊), 초(楚), 진(晉), 노(魯) 등 여러 나라
의 초청을 받는 걸출한 외교가이며 제후국에 명망이 높았기 때문이다.
그는 지식이 해박하고 아주 겸손하여 국가 대사가 결정될 때마다 꼭 대
신들의 의견을 청취했고 그 상황을 잘 아는 사람에게 물어서 처리했다.

주 경왕 9년 자산은 형서(刑書)를 금속으로 만든 솥 위에다가 새겼다.
이것이 바로 중국 역사에 기록으로 남은 최초의 성문법(成文法)으로 자
산이 끼친 법률상의 큰 공헌이었으며 그의 애민사상은 최대 특징의 하
나였다. 겨울철에 자기의 수레로 백성들을 싣고 강을 건넜고, 백성들
은 향교(鄕校)에 모여 조정 대사를 의논하면서 자산을 비판하는 이는
향교가 나라에 해롭다면서 제거할 것을 건의했다. 하지만 자산은 이
문제를 완강하게 제지하며 이것은 백성들의 외침 소리를 듣는 제일 좋
은 기회라 주장했다. 자산이 처음 집정했을 때, 정나라에서는 그를 반
대하는 이러한 노래가 전해졌다.

절약을 제창하자 절약을 제창하자!
어떤 사람 옷을 즐겨도 입을 수 없으니,
군사를 정돈하자 군사를 정돈하자!
사람들 곡식 심는데도 이들은 간섭하니,
누가 자산을 죽일쏘냐?
우리는 두 손 들어 찬양하노라.

그러나 3년 후, 정반대의 노래가 유전되어 나왔다.

우리 자녀 자산이 교육했고
우리 터전 자산이 일구어 주었네!
자산이여 죽지 말라!
죽으면 누가 이어받을 건가?

자산은 천도(天道)만 중히 여기는 것 뿐만이 아니라 인도(人道)도 중히 여겼다. 주평왕 20년 겨울에 혜성이 우진(于辰) 서쪽에서 나타나자 대부 비조(神竈)가 자산에게 재앙을 제거할 묘책을 내놓았을 때, 송(宋), 위(衛), 진(陣), 정(鄭)나라가 화재를 입은 일이 있었다. 비조는 옥으로 만든 잔과 제사에 쓰이는 아름다운 그릇 등으로 빌어야 재앙을 제거할 수 있는 길이라 말했다. 하지만 자산은 천재의 유행은 결코 옥기로 제거할 수 없는 일이라 하여 "천도는 우리와 멀리 있으며 인도야말로 우리와 가까이 있다."라고 했다. 비조는 "어이하여 천도적 행사를 추측할 수 있는고! 이것이야말로 쓸모없는 이야기이다."라고 말하면서 그의 말을 듣지 않았다.

그 결과 정나라는 화재를 입은 것이 아니라 수재를 입었다. 어떤 사람이 이것은 용이 간악한 꾀를 부린 것이라 하니 자산이 말했다. "우리는 용에게 빌 것이 없다. 용도 우리에게 바랄 것이 없으니 수재와 무슨 연관이 있단 말인가!"하고 반박했다. 제자들은 공자의 말을 모두 듣고 상심하지 않은 이가 없었다. 저마다 자산을 존경했다.

공자는 교육할 때 여느 관학(官學 공립학교)처럼 진종일 한 무더기 죽간(竹簡 책)만 지키고 앉아, 읽고 외우게 하지 않았다. 늘 사회를 큰 학습 마당으로 하고 생활을 교재로 했다. 학생들을 대자연 속으로 내몰아 그들의 지력을 개발하며 그들의 성품을 키웠다. 또한 그들의 영감을 불러일으키며 천리(天理) 속에서 무엇을 깨닫게 했다.

자로를 제자로 맞아 인을 실천으로 가르치다

추석날, 공자는 제자들을 이끌고 방산(防山)으로 소풍을 나갔다. 가을은 봄보다 생기가 더 넘쳐났다. 가는 곳곳마다 백과가 무르익어 그윽한 향기가 차고 넘쳐 학생들은 흥미진진하게 놀다 신시(오후 4시경)쯤 집으로 돌아왔다. 신기하고 예측하기 어려운 것이 대자연이라 오전까지만 해도 청정 맑은 날씨였는데 돌아올 때쯤 음침하게 변했다. 서북풍이 세차게 불며 꽈르릉하더니 군데군데 먹장구름이 일었다.

군령이라도 받은 듯 천군만마처럼 몰려들어 삽시간에 온 하늘을 덮어 밤은 칠흑같이 어두워졌다. 공기는 매우 음습했고 습도가 높아 손으로 꼭 쥐면 물방울이 뚝뚝 떨어질 것만 같았다. 야밤이 모든 것을 덮어버려 만물을 삼켜 버렸다. 번개가 희번득거렸고 야수들의 울부짖음이 산골짜기를 째는 듯했다. 공자와 제자들은 여전히 방산 속을 거닐며 묵묵히 걷고 있는데 갑자기 어디서부터 이상한 소리가 들리다, 쿵하는 소리와 함께 나무 위에서 웬 사나이가 뛰어내려 길을 막았다.

"누구요?"

사마우(司馬牛)가 외치면서 공자 앞을 막아 나섰다. 뭇 제자들은 너무나도 놀라 제각기 장검을 빼 들고 싸울 준비를 했다.

"하하하!"

갑자기 나타난 사나이가 손에 든 장검을 휘두르면서 앙천대소했다. 그 웃음소리가 고요하고 끝없이 넓은 산골짜기에 메아리쳐 나갔다. 주위는 더욱 음산해졌다.

"이 겁쟁이들아!"

그 사나이는 질풍같이 쌩하고 공자 앞으로 다가가 장검을 윙윙하고 휘둘렀다.

그 장검은 흰빛이 되어 아래위로 번쩍이며 한기가 가슴을 서늘하게 했다. 번개 빛을 빌어 보니 이 사람은 키가 구척이 넘어 서 있는 것이 마치 벽을 방불케 했다. 온 얼굴엔 수염이 빼곡히 박혔있고 유독 두 눈만 볼 수 있었다. 그 두 눈에선 독기가 흘러넘쳤다. 그가 몸을 흔들 때마다 투구에 꽂힌 기다란 꿩 깃털도 함께 흔들렸다. 온몸에는 멧돼지 가죽으로 된 옷을 뒤집어쓰고 있었으며 외투는 반인반수(半人半獸)와 귀신 마귀를 방불케 했다. 그는 갑자기 휘두르던 장검을 멈추더니 또 비룡천운(飛龍穿雲)이란 재주를 부리면서 검 끝으로 공자를 가리키고 호통쳤다.

"이 쓸모없는 학자들아. 너희들은 다 폐물이야! 폭행을 제거하고 백성을 지키려면 아직도 이것이 제일이야!"

그의 검 끝이 하마터면 공자의 코끝을 찌를 뻔했다.

그의 외침 소리는 벽력과도 같아 사람의 귀청을 째는 듯했다. 뭇 제자들은 장검을 휘둘러 그 사나이의 장검을 막으려 했다. 뭇 제자들의 장검이 그의 장검에 부딪히자 다 땅에 떨어져 버렸다. 제자들은 땅에 떨어진 장검을 주어 다시 싸우려 할 때, "그만!"하고 공자가 태연하게 말했다.

제자들은 어쩔 바를 몰라 하며 멍하니 공자를 바라보았다. 잠깐 몇 초 동안이지만 공자의 머릿속은 바쁘게 움직였다. '이 사람은 누구인가? 자객? 아니다. 자객이라면 벌써 암암리에 손을 보았을 것이다. 도적은 더더욱 아니다. 도적이라면 제폭안민(除暴安民)이라는 말을 하지 않았을 것이다. 보아하니 조금은 포악하고 경솔한 무사일 것 같다.'

"선생, 저희 제자들의 무례함을 용서하시오!"

공자는 예의로 두 손을 앞에 모아 합장하고 말을 이었다.

"선생은 어디에 계시오며 존성대명(尊姓大名)은 무엇인지요?"

"흥, 위군자! 헛소리는…."

그 사나이는 철 몽둥이처럼 꿋꿋이 서 있었다. 공자가 빙긋이 웃으면 말했다.

"저는 성이 공자이고 이름은 구(丘)자이며 자는 중니라고 합니다. 아무쪼록 잘 부탁하옵니다."

그 사나이가 한마디 내뱉었다.

"네가 공가네 둘째라는 것을 이미 알았다."

"닥쳐라!"

제자들이 노발대발하자 공구는 또 미소를 지으면서 말했다.

"통성명하는 것은 자고로부터 있는 상례 온대, 선생께선 이름마저…."

"나는 노나라 변(卞 지금의 산동성 사수현) 사람으로 성은 중(仲) 자이고 이름은 유(由) 자를 쓰고 있다. 자는 자로(子路) 이다."

"자로 선생이었구면, 실례가 많습니다."

"당신들과 나는 서로 갈 길이 다르고 지향하는 바도 다른데 무슨 놈의 실례냐? 당신들은 주둥이나 놀려 혼용한 군주에게 아첨이나 할 줄 알겠지만, 우리는 강포함을 뒤엎고 백성들의 원한을 풀어 주려한다. 나라를 위해 해로움을 제거하는 사람이다."

"자로 선생의 정신이 기특하오. 공자는 진심으로 경의 드립니다. 하지만 천하는 언제부터인지 도창검극(刀槍劍戈)이 판치고 격투가 그치지 아니하여 불량배들이 갈수록 더 많아졌사옵니다. 백성들은 싸움에 시달려 전원이 황폐해져 아이는 고아로, 어미는 과부로, 백골은 길바닥에 너저분한데 어떻게 폭행을 제거하고 백성을 안정시킬 수 있겠습니까?"

하고 묻자 공자의 질문에 자로는 김 빠진 공이 되어 두 손마저 축 처지고 들었던 장검 끝이 땅에 떨어졌다.

"선생께선 어떻게 하실 수 있습니까?"

하고 되물어 왔다. 이때라고 생각한 공자는 자로에게

"인정(仁政)을 실시해야 하옵니다."

하니 또 자로가 묻기를

"인(仁)이란 무엇이옵니까?"

"자기를 억제하고 예의를 회복하는 것이 바로 인이옵니다."

"제가 아둔하오니 선생께서 분명하게 나타내어 보여 주시지요.!"

"예를 들면 오늘 밤에 선생이 섬뜩한 장검으로 저와 상대하셨지만 저는 예의로 선생을 대했나이다. 만일 쌍방에서 모두 병기로 상대했다면 기필코 피와 시체를 보았을 것입니다. 저는 참으로 눈을 뜨고 보지 못했을 것입니다. 이것이 바로 인이옵니다. 인이란 곧 사람을 사랑하는 것이옵니다."

자로는 마음이 움직인 듯 조용히 듣고 있었다.

공자는 계속 말을 이어 나갔다.

"선생은 공자를 혼용한 황제에게 대책을 마련해 준다고 책망하셨습니다. 공자의 목적은 군주에게 백성을 위하라는 건의를 제기하는 겁니다. 만일 군주가 정말 자기를 억제하고 예의를 회복할 수만 있다면 천하는 다시 인으로 돌아갈 것입니다."

"인은 우리와 몹시 멀리 떨어져 있습니까?"

"아니옵니다. 나 자신이 인을 찾으면 인은 곧 나의 눈앞에 있는 것이옵니다. 환공은 싸우지 않고 아홉 제후를 합병했습니다. 이것은 모두 관중의 공로라 할 수 있사옵니다. 병기로 천하를 얻을 수는 있으나 천하를 다스리지는 못합니다. 천하를 다스리는 자라면 인덕(仁德)이 있어야 합니다."

자로의 흉흉한 눈빛은 가뭇없이 사라지고 얼빠진 듯, 그는 먼 곳만 바라보았다. 보아하니 사색에 잠긴 것 같았다. 챙그랑 하고 수중의 장검까지 땅에 떨어져 버렸다.

주위는 정적에 휩싸여 있으며 공자는 말 한마디 않고 자로만 보고 있었다. 자로는 얼빠진 사람처럼 칠흑같이 어두운 먼 곳만 바라보고 있었다. 공자의 말로 그의 눈에 새로운 세계가 펼쳐진 것만 같았다. 자신은 장검으로 간악한 놈들만 죽일 줄 알았지 다른 방도를 몰랐었다. 간악한 놈들은 그렇게 많고도 많아, 죽이고 죽여도 끝이 없었다. 손에 든 장검으로 어떻게 몽땅 죽여 버릴 수 있겠는가? 수년의 제후들 간의 전쟁과 천하의 분쟁은 관리들을 살찌웠다. 반면에 백성들을 도탄 속에 몰아넣었다.

'공자는 인덕으로 천하를 다스리는 일에 고심했구나. 예의로 백성을 도탄 속에서 구원하고자 했구나. 사람들에게 악을 버리고 선으로 향하게 했구나.' 여기까지 깨달은 자로는 풀썩 꿇어앉으며 말했다.

"선생께서 저의 죄를 엄하게 벌해 주옵소서!"

"과분한 말씀이십니다. 우리 모두 백성을 위하는 마음을 가지고 있사옵니다. 지향하는 바가 같고 도의가 서로 맞습니다. 어서 일어나시지요."

자로는 일어선 후, 고개를 숙이고 공손히 말했다.

"선생의 덕풍(德風)에 중유는 황송하여 쥐구멍이라도 있으면 들어갈 것 같습니다."

공자는 웃으면서 자로를 칭찬했다.

"참으로 시원시원하십니다."

뭇 제자들은 급기야 앞으로 나와 서로 인사했다. 뭇 사람들의 열정에 자로는 도리어 계면쩍어했다. 그럴 때마다 합장하고 답례했다.

"황송하옵니다! 황송하옵니다!"라는 말밖에 하지 못했다.

증석은 웃으면서 다가갔다.

"중유형! 당신의 검술은 대단하군요. 훗날, 꼭 저를 가르쳐 주십시오!"

자로가 부채 같은 큰손을 저어 성실하고도 고지식하게 웃었다.

"천만에! 천만에! 중유는 다만 무사여서 손에 든 장검으로만 천하의 불평을 제거하려 했지. 그런데 오늘에서야 예의로 천하를 설복시키는 것이 옳은 길임을 알았네. 중유는 부자를 스승으로 모시고 싶소이다."

한쪽 무릎이 땅에 철썩 닿더니 합장하면서 공자에게 배례했다. 자로의 행동에 공자는 일시 뭐라고 대답했으면 좋을지 몰랐다. 일단 이 무인(武人) 격투사는 승복했다. 하지만 그를 공문 일원으로 만드는 데는 자신이 없었다. 만일 그가 성질을 부리면 손부터 앞설 것이다. 누가 그를 막아낼 수 있을 것인가? 얼핏 보면 성의는 있어 보이니 달갑게 받아줄 수밖에 없을 것 같았다. 유교무류(有敎無類) 주장과 지례(贄禮)로 마른고기 이상이면 된다 하지 않았나. 이런 덕풍으로 설복시킨 무사도 개조시킬 자신이 있어야 했다. 그렇지 않다면 사회와 백성은 또 어떻게 개조하려 할 것인가! 옳다. 시험을 해보고 받아들이는 편이 상책이다. 여기까지 생각이 미친 공자는 엄숙하게 말했다.

"자로 선생! 공구에 대해 어떻게 생각하시오? 좋게 생각한다면 함께 돌아갑시다. 안착한 후 지례의 행사를 거쳐 제자로 받아주겠나이다."

자로는 의아해하면서 물었다.

"왜 지금 가능하지 않습니까?"

이때, 증석이 말을 가로채면서 말했다.

"이쯤이면 부자께서 대답하신 것이외다. 입문하려면 아직도 일정한 예의적 수속을 거쳐야합니다."

자로는 그제야 일어났다. 뭇 제자들은 그를 잡고 기뻐하면서 한담을 나누었다.

"이제부터 우리는 함께 살게 되었구면!"

이튿날 아침 자로는 일찍 일어나 세수도 하고 단장도 했다. 몇 년 동안 그는 변나라 야인으로 살았다. 수림을 집으로 삼아 살며 야생 동식물을 식량으로 야만적인 생활을 해 왔다. 팔순 된 노모를 모시기 위해 늘 벨 리 밖에 가서 등짐으로 쌀을 메어 구해왔다. 자신은 사시장철 채소로만 끼니를 때웠다. 지금 그는 자신의 몸에 걸친 멧돼지 가죽이 부끄러워 다시는 씩씩하고 늠름한 표식으로 보이지 않았으면 했다. 그것이 도리어 옹졸하고 밉살스럽게 보여 하룻밤 사이에 그는 완연히 딴사람이 되어 멧돼지 가죽옷을 창밖에다 던져 버렸다. 시장에 나가 큰맘 먹고, 전부터 저축해 놓았던 돈을 모두 찾아 소수의 귀족밖에 입을 수 없었던 새 비단옷을 구매하여 입었다. 흡족해서 선 자리에서 몇 바퀴 돌고 공자를 뵈러 갔다.

그때 바로 자로 문제를 가지고 공자와 그의 제자들 사이에서는 쟁론이 벌어졌다. 다수는 공자의 교육 방침인 유교무류를 내세워 받아들일 것을 동의했다. 그러나 소수는 자로가 너무 야만적이라 앞으로 일을 저질러 문풍을 더럽히면 어떻게 할 것인가를 따지며 한 마리의 미꾸라지가 개울물을 흐리는 격이 된다면서 반대했다. 최후로 공자는 단 한마디 명령으로 자로를 받아들일 것을 결정지으면서 제자들에게 자연법칙을 들어 설득하기 시작했다.

"사람은 속성이 가까우나 습성은 서로 멀다."라고 하시면서 공자는 한 고명한 염색사의 예를 들어 교육으로 자신을 혁신시켜 군자도 될 수 있고 성인으로도 될 수 있다고 했다.

뭇 사람들이 한창 의논 중인데 자로는 화려한 복장을 하고, 뽐내며 제자들이 논쟁 중인 곳으로 걸어 들어 왔다. 제자들이 모여들어 경이롭게 바라보고

"멋지구먼! 자로는 밤사이에 귀인으로 변했네. 이 금의화복(錦衣華服)에 예쁜 숙녀까지 곁들인다면 더욱 멋질 텐데…"

자로는 신이 나 팔자걸음까지 하면서 실내를 세 바퀴나 돌았다. 증석은 그의 앞에서 소녀의 자태를 흉내 내면서 분위기를 돋우니 사람들의 와자지껄 웃음소리로 들끓었다.

"으흠, 으흠."

공자께서 일부러 기침 소리를 두 번 내시니 차차 조용해졌다. 제자들은 공자가 엄숙한 표정으로 앉아 말 한마디 안 하시는 표정으로 보아 과분하게 떠들었음을 알았다. 급기야 공자의 좌우에 제자리로 돌아가 모두 앉았다. 자로는 공자가 무엇 때문에 불쾌해졌는지 까닭을 몰라 조심조심 한 쪽에 가 우두커니 서 있을 뿐, 실내는 물 뿌린 듯 조용했다.

잠시 후, 공자는 느린 어조로 말했다.

"장강의 물은 높은 산에서부터 발원한다. 물이 얕기로 잔을 놓아도 동동 뜰 지경이다. 중하류에 이르면 호호탕탕하여 큰 배로도 건너가기 힘들다. 이것이 바로 무수한 하천들이 한데 모여 이루는 힘이 되는 까닭이다. 자네처럼 이렇게 귀복차림을 하면, 누가 자네에게 접근할 수 있으며 도와줄 수 있겠는가!"

공자의 타이름 소리를 들은 자로는 그제야 급히 방으로 돌아가 옛날

선비들이 입는 겉옷을 입고 나왔다. 자로가 자리에 앉은 후, 공자는 엄숙하게 말했다.

"중유가 공문에 들어와 나의 제자가 되겠다니 의지가 기특하다. 지례 행사 외에 또 한 가지 분부가 있는데 들어 주려는지?"

"부자의 분부시라면 꼭 따르겠습니다."

자로가 칼로 베듯이 말하자 공자는 다시 다잡듯 말했다.

"백 일 이내에 《예, 악, 어, 서, 사》이 오예를 배워야 하네. 이를 못하면 반드시 사예(활쏘기)를 매일 배워야 하네."

자로가 의아하게 생각했다.

"매일 사예를 배우라니요?"

"실은 제자들은 모두 이미 백발백중의 사예를 닦아놓았네."

공자는 얼굴을 흐리면서 또 말씀하신다.

"내가 자네더러 하라는 것은 특기가 아니라 덕행일세!"

"활쏘기에도 덕행이 있나이까?"

자로는 경이로움을 금치 못하고 입을 딱 벌렸다.

"만일 이를 억지로 참고 듣지 않는다면 마음대로 하게나."

뭇 제자들이 자로에게 급히 눈짓하자 자로는 억지로 대답을 했다.

"제자는 스승의 명령에 복종하겠나이다!"

공자는 미소를 지으면서 친절하게 자로의 어깨를 치며

"억지로 듣지는 말게, 언제든지 억울하단 생각이 들면 떠나도 좋아."

말을 마치고 활과 시복(화살꽂이가 있는 옷)을 자로에게 넘겨주었다.

자로는 머리를 들고 성실하게 물었다.

"저는 어떻게 덕행을 닦아야 하오리까?"

공자는 자로의 질문에 정면으로 대답하지 않고 웃으시며

"전적에 치중하라 했다."

전적은 옛적의 과녁이다. 옛사람들은 손으로 활을 부여잡는 곳을 파라고 했다. 이것이 눈에서 바로 코앞에 있는 것처럼 보여야 하네. 그리고 이것이 해처럼 크게 보일 때까지면 중지해도 되겠네.

"제가 어디 한 번 시험해 보겠나이다."

"시험해 보는 것이 아니라 꼭 어김없이 그대로 해야 하네. 내일부터 해가 뜨면 시작하고, 해가 지면 휴식하도록 하게. 절대로 태만해서는 아니 되네."

공자는 말을 마치자 중여를 보지 않고 다른 제자들에게 말했다.

"자네들도 백배의 노력을 더 해야 하며 절대로 태만해서는 안 되네! 내가 집중적으로 강의하는 과목 외에 특별히 설치한 과목들도 부지런히 반드시 연습해야 해."

"예!"

제자들이 이구동성으로 대답했다.

자로에게 활과 화살에 대한 비법을 전수하다

자로는 시복과 활과 화살을 들고 밖으로 나가 과녁을 잘 놓고 훈련을 시작했다. 이어 세 발을 쏘았다. 살마다 과녁에 가 맞았으나 흡족해하지는 않았다. 그는 흥이 사라져 시복 안에 있는 화살을 몽땅 쏟아버린 후, 활을 한쪽에 놓고 풀밭에 누워 구름이 움직이는 것만 쳐다보았다.

교실에서 책 읽는 소리가 규칙적으로 들려왔다. 그 소리는 노랫소리처럼 억양이 조화롭고 기복이 적당하여 귀에 솔깃했다. 자로는 글 읽는 소리를 듣고 불평을 토로했다.

"나를 받지 않으려거든 말을 하지. 스스로 물러나라고 핍박한다 이거지. 좋다! 시키는 대로 해보자. 나는 절대로 물러나지 않을 테다."

그는 갑자기 풀밭에서 벌떡 일어나 과녁에 꽂힌 화살을 하나하나 빼내었다. 화살을 시복에 넣고 원래 자리에 돌아와 화살을 활시위에 메워 당기려 할 때였다. 갑자기 덕행을 연마하란 공자의 말이 생각나 활을 쏘지 않고 한쪽 눈을 감고 조준만 했다. 그의 안광은 화살의 깃털 부분으로부터 앞으로 내다보았다. 살 꼬리와 살 끝이 한 점으로 되게 하고 과녁의 중심을 맞추었다. 일각(15분)이 지나도 전적(과녁)은 움직이지 않았고 가까이도 오지 않았고 해처럼 커지지도 않았으며 여전히 붉은 점에 불과했다. 또 일각이 지나갔다. 그의 활을 쥔 왼손에는 땀이 배기 시작하여 시위를 당기는 엄지손가락과 식지 중지가 모두 저려와 갑자기 자기도 모르게 노기충천하여 미친 듯이 시위를 당겼다.

'챙'하는 소리와 함께 활시위가 끊어졌다.

자로는 너무나도 상심해서 활을 내동댕이쳤다. 공자가 그 옆에 있다가 활을 받아 쥐었다.

"선생님! 제가 너무 힘을 쓴 탓에 시위가 끊어졌나이다."

자로가 어물어물하며 말을 했다.

"괜찮네! 성급하게 하지 말고 방금처럼 목표물을 겨누고 활시위를 당겨도 쏘지 말게. 정심하여 정신을 집중해야 해. 이렇게 하면 자네 체내에 한 가닥 진기(眞氣)가 움직이는 것을 느낄 것이네. 이를 안목에 집중시키면 저 목표물이 코 가까이 있는 듯할 것이야. 계속하다 보면 해처럼 커질 것일세."

공자는 말을 하면서 자신이 활시위를 다시 메더니 두 다리를 앞뒤로 벌리고 서서 살을 메우고 장승처럼 못 박힌 듯 서서 당겼다. 일각, 이각, 삼각이 지났으나 그는 여전히 말뚝처럼 서 있었다.

"선생님! 잠깐 쉬었다 하시지요!"

자로는 말하면서 공자의 팔 힘을 시험해 보려고 그의 왼팔을 당겼다. 활을 부여잡은 왼팔은 강고하여 움직이지도 않았다. 공자의 얼굴을 쳐다보니 조용히 앉아 있는 듯했고 잠이 푹 든 것처럼 편안해 보였다.

자로는 자기도 모르게 경탄했다.

"아! 선생님이 이렇게 힘이 세실 줄이야…."

그저께 밤에 정말 붙었으면 상대도 되지 못했을 것 같았다. 게다가 제자들까지도 많아 돌이켜보면 무시무시했다. 시간이 또 얼마간 지나갔다. 공자는 그제야 활을 놓고 손을 펴면서 담담하게 말했다.

"중유의 칭찬이 과분하네. 팔 힘을 논한다면 자넨 나를 셋이나 상대하겠지만 나도 자네를 셋은 상대할 수 있다네!"

그리고 주위를 돌아보고 큰 돌 앞으로 다가가셨다.

"큰 바위를 자네는 힘으로 쉽게 들 수 있지만 나는 못 드네!"

공자는 말한 후 품속에서 옥돌 하나를 꺼내어 손에 들고 계속 말을 이었다.

"이 작은 옥은 자네와 내가 모두 손바닥에서 마음대로 갖고 놀 수 있지. 하지만 팔을 쭉 펴고 옥을 손바닥에 놓고 얼마간 있어 보게, 자넨 팔을 떨지만 나는 더 있어도 움직이지 않을 걸세. 중유! 자네 믿겠는가?"

"믿사옵니다. 저는 벌써 부자의 팔 힘을 알고 있나이다. 하지만 그 도리까지는 알 수 없나이다."

공자께서는 성실하게 말해 주었다.

"이것은 내력과 외력의 차이일세."

공자는 계속하여 설명했다.

"외력은 덕에 미치지 않으나 체력에 미치기에 오래 지탱하기 힘이 드네. 내력은 덕의 도움으로 오래간 지탱할 수 있네. 그런데 의력(義力)·지력(志力)·심력(心力)·인력(靭力)이 합치되어야 하네. 내력과 외력이 상호 도움을 받으면 용맹과 덕성이 화합되네. 그래서 백전백승할 수 있고 화가 자신에게 돌아오지 않게 되네."

자로는 공자의 설명에 너무나도 감동하여 두 손을 공손하게 맞잡았다.

"부자께서는 안심하시옵소서. 중유는 무덕을 잘 연마하여 희망을 저버리지 않겠나이다!"

공자는 웃으면서 계속 말씀하셨다.

"나는 자네의 말을 믿으나 행동을 더욱 기대하네. 자넨 옅은 데부터 깊은 데로 새롭게 들어가야 하네. 겉에서부터 속으로 들어가야 해. 자네의 힘은 뛰어나지만, 기초가 공고하지 못하네. 먼저 손바닥에 돌을 올려놓아 힘들지 않을 때까지 연마하게. 그리고 손바닥에 물을 놓고 물이 흔들리지 않을 때까지 또 연마하게. 그때 다시 활을 당기면 과녁 중심이 코앞에 있는 듯할 걸세. 그리고 해처럼 커져 보일 때 다시 활쏘기를 연마하게. 이 순서를 절대로 바꿔서는 안 되네."

"선생님의 훈계 정말 고맙습니다."

자로는 허리를 굽혀 인사를 올렸다.

이날부터 자로는 해가 뜨면 나오고 달이 뜨면 돌아가 열심히 공자가 이른 활쏘기를 연마했다. 추운 겨울이 돌아오니 날씨는 일부러 자로와 장난질을 하는 것 같았다. 매일 눈이 내리지 않으면 뼈를 에는 추위가 찾아왔다. 자로는 눈 속에서 조준하고, 바람 속에서 돌을 받쳐 들며 중지하지 않았다.

공자와 그의 제자들은 자로가 그토록 부지런히 연마하는 것을 보았다. 그렇게 자로는 희열에 차고 넘치며 백일을 보냈다. 제자들은 어떻게 자로를 도와 정식으로 입문시킬 것인지를 토론했다.

이때 자로는 속이 타서 재가 되어 부스러질 지경이었다. 자로는 며칠간 젖 먹던 힘까지 다해 연마했건만 그 과녁의 붉은 원점도 중유를 희롱하는 것처럼 저 멀리 서 있었다. 좀처럼 가까이 올 생각과 커질 생각을 하지 않았다.

그는 날이 갈수록 초조해졌으며 효과는 없었다. 얼마 하지 않아도 땀투성이가 되곤 했다. 자로는 자기를 이기기 위해 속으로 다짐하고 다짐했다.

"그까짓 바람과 눈! 꼭 백일 간 견뎌서 해내고야 말 테다."

이때부터 사격장에서는 마치 돌 조각상이 하나 서 있는 것 같았다. 사람들이 깨어날 때면 그는 벌써 사격장에 나가고 사람들이 돌아갈 때도 여전히 그는 의연히 그곳에 서 있었다.

몇몇 제자들은 연민이 생겨 공자에게 사정했으나 공자는 한마디 대꾸도 없이 자로만 바라보았다. 공자는 마음속으로 자로를 몹시 아꼈다. 꼭 이렇게 해야만 거친 돌을 옥기(玉器)로 만들 수 있다. 보통 쇠도 연마하면 강철로 만들 수 있다.

밤중이었다.

광풍은 야수처럼 울부짖고 대설은 하늘을 찌르고 대지를 휩쌌다. 공자는 잠에서 깨어 더는 잠들 수 없었다. 그는 자로에게 가서 눈보라가 너무 세서 쉬라고 알려주고 싶었지만, 그는 생각을 고치고 그의 의지력을 한번 시험해 보고자 작심하고 그가 어떻게 결정하는가 살펴보았다.

공자는 옷을 걸친 후 등을 켜고 《역(易)》을 한 아름 안아다 자세히 연구하기 시작했다. 이 죽간은 너무나 심오하여 일반 사람들은 도무지 이해하지 못했다. 제자들을 가르쳐주기 위해 주해를 편찬하기로 마음을 먹은 뒤 사람들의 이해가 편리하도록 역해하고 《역대전(易大典)》이라 이름했다. 이렇게 그는 다년간 연구해서 얻은 내용을 정리하고, 역에 나오는 사회에서 사람이 세상을 살아가기 위한 자신의 견해를 설명했다.

이때 갑자기 밖에서 웬 소리가 들려왔다. 창밖을 내다보니 눈보라

치는 야밤에 웬 사람이 가래로 눈을 치우고 있었다. 공자가 문밖을 나가보니 그 사람은 바로 자로였다. 그는 마음속으로 놀랍기도 하고 기쁘기도 해서 공자는 자로의 정신에 감개무량하여 방금 친 길을 밟으며 자로에게 갔다.

"자로였구나! 만일 이런 눈바람 속에 떠난다면 누구도 탓하지 못할 텐데, 계속 활쏘기를 연마하다니 용사는 용사구나."

자로가 고개를 돌려 보더니 황급히 인사했다.

"선생님! 이렇게 추운데 왜 나오셨소이까?"

공자는 자로의 털보 얼굴에 얼음 고드름이 진 것과 온몸이 눈에 덮여 있는 것을 보면서 가슴이 아팠다.

"중유! 빙설인이 되었구나. 이젠 들어가거라!"

"아니요. 지금 눈을 치워야지, 치우지 않으면 눈이 두꺼워져 치우기 어렵습니다."

"이런 광풍 폭설에 얼마 가지 않아 치워도 쓸모없게 되네"

"아니요. 눈이 멎을 때까지 했으면 합니다."

자로는 고집을 부리며 들어가지 않으려 했다. 공자는 억지로 가래를 빼앗아 들고 말했다.

"중유! 자네 고집은 억지공사를 할 줄밖에 모르니 기교가 필요해. 도리를 알려 줄 테니 들어가세."

공자는 자로를 끌고 방으로 들어가 자상하게 말해 주었다.

"중유야! 이 들에서 자란 놈아, 기운만 쓰지 말고 머리도 좀 쓰거라. 모든 일은 모두 속으로 생각해 본 다음 행동하는 것이 규칙이다. 예를 들면 이 활이 있지. 자네가 이놈의 특성을 잘 파악해야 익숙하게 사용할 수 있다는 것과 같아. 세 가지가 궁(弓)자를 이루며 반드시 여섯 가지 재료가 쌍을 이루어야 한다. 여섯 가지 재료가 준비되면 기술적으로 붙여야 하네. 간(干)은 멀리 나가는 데 필요하며 각(角)은 속도에 필요해. 그리고 근(筋)은 심도에 쓰이고, 교(膠)는 붙이는 데 쓰인다. 사(絲)는 고정하는 데 쓰이며, 칠(漆)은 상로(霜露)의 침습을 방지하네. 좋은 활 나무로는 누런색 뽕나무가 으뜸이고, 참죽나무가 그다음이고, 산뽕나무가 세 번째네. 귤나무, 가시나무, 대나무 조각으로 순서가 배열되고. 활들은 흑적색이 그 소리가 쟁쟁 하네. 속 갱이 목으로서 뿌리와 멀리 떨어져 있어 통나무를 제재할 때 멀리 쏘려는 자는 모두 억 발을 사용한다. 심도 있게 쏘려는 자는 곧은 발을 사용하네."

여기까지 말하고 난 공자는 자로의 의견을 들으려 했다.

"어때 더 듣고 싶지 않나?"

"더 듣고 싶습니다. 전 활 중에도 이토록 깊은 학문이 깃들어 있을 줄은 생각하지 못했습니다."

"옳은 말이네. 이 화살을 놓고 말할 것 같으면 대단한 진리가 있다네. 병시(兵矢), 전고(箭揃)는 앞 5분의 2와 뒤 5분의 3이 중심(重心)을 이루고, 후시(鍭矢)는 앞 3분의 1과 뒤 3분의 2가 중심을 이루어. 살깃의 길이는 전고 길이의 5분의 1이 가장 적합한 것이야. 만일 전고에 있어서 앞이 가벼우면 밑으로 삐어지게 되고, 반대로 뒤가 가벼우면 살이 뒤돌아오게 되네. 중간이 가벼우면 곧게 나가지 못하며, 무거우면 날아가 버리고, 깃털이 너무 풍만하면 속도가 느리고, 너무 적으면 빨리 떨어진다. 그 때문에 살 감을 자연스럽게 동그랗고 부드러운 것을 골라야 해. 같은 것이라도 무거운 것을 골라야 하며, 옹치가 적은 것이 좋은 것이네. 색깔은 밤색이 가장 좋고. 내가 보니 이 화살들 중에서 각종 전고(箭槁)는 다 갖추어졌으니 찾아보게."

"과연 그렇군요."

살 중에 전고들은 참으로 각양각색이었다. 그는 화살을 다 꺼내 상위에 펴 놓았다. 그런데 마치 화살을 처음 본 듯했다.

"이것은 후시(鍭矢)이고, 이것은 살시(殺矢)라고 하네. 이것은 병시(兵矢)이고, 이것은 전시(田矢), 이것은 불시(茀矢)…."

공자는 하나하나 가르쳤고 활을 들고 시범을 보여 주었다.

"이 활은 협유궁(夾臾弓)이고, 이것은 왕궁(王弓)이고, 이것은 당궁(唐弓)이고, 이것은 구궁(句弓)이고, 이것은 후궁(侯弓)이고, 이것은 심궁(深弓) 등 각양각색일세."

자로는 어린애처럼 기뻐했다.

"선생님께서 더 많은 것을 알려 주십시오! 수십 년 동안 저는 활을 잘못 사용하여 왔습니다. 활에 들어있는 학문을 전연 모르고 있었으니까요."

"궁체가 밖으로 많이 구부러지고, 안으로 적게 구부러진 것이 협유궁이네. 격시(繳矢)에 이로운 것일세. 밖으로 적게 구부러지고, 안으로 많이 구부러진 것을 왕궁(王弓)이라 하네. 가축과 목축에 쏘기 적합한 것이야. 안팎이 같이 구부러진 것은 당궁인데, 심사(深射)에 적합하네. 궁각(弓角)이 우량한 것은 구궁(句弓). 각(角)과 간(干)이 모두 우량한 것은 후궁(侯弓)이라고 하고, 각과 간과 근(筋)이 모두 우량한 것은 심궁(深弓)이라 하네."

"부자께서 아는 것이 이렇게 많아서 사람들이 성인이라 칭하는 가 봅니다. 참말 모르는 것이 없사옵니다."

"나를 인자(仁者)라 함은 과분한 말일세. 나는 다만 열심히 공부하고 남을 가르치는데 피곤을 잊었을 뿐일세."

"부자님! 이 궁각도 까닭이 있사옵니까?"

"있고말고!"

공자는 궁각을 어루만졌다.

"가을에 잡는 소뿔은 두껍고, 여름에 잡는 소의 뿔은 얇다네. 송아지 뿔은 곧고 윤택이 돌며, 늙은 소뿔은 구부러지고 메마른 것일세. 병든 소는 상처가 있고 얇으며, 추잡하고 고르지 못한 것이네. 여윈 소뿔은 빛깔을 잃어서 색이 검고 끝이 뾰족하네. 밑굽이 휘고 길이는 2자 5치 일 때 소와 같은 값일세. 2자 5치는 주나라의 한 자가 지금의 19.1cm 정도 되는 크기다. 오직 각, 간, 근이 모두 우량에 도달해야 좋은 활이 라 할 수 있어. 활의 특성과 그 공예에 대해 잘 알아야만 출중한 사예를 연마할 수 있네. 이것이 바로 일하면서 그 성질을 잘 알아야 한다는 것 일세. 훌륭한 목수는 연장을 잘 다듬을 수 있어야 함과 같은 것일세."

자로는 상심한 나머지 한숨을 쉬었다.

"하지만 저는 장기도 모르며 성사도 못 했습니다. 백일이란 날짜가 또박또박 다가오고 있는데 이룬 것은 없고요. 부자의 요구에 비해 아 직도 거리가 머니 골치가 아파 죽겠습니다."

자로는 부채 같은 두 손을 세차게 비비고 있었다. 보아하니 발등에 불이 떨어진 것이 분명했다. 그런데 갑자기 공자가 껄껄하고 웃는 것이 아닌가! 자로는 까닭을 몰라 등잔 같은 눈을 희번덕거리며 어리벙벙하게 공자를 바라보았다.

공자는 더욱 껄껄 웃으면서 자로에게 알려 주었다.

"그것은 자네의 의지력과 성격을 시험하려는 것이었네. 예리한 기개(銳氣)를 꺾어 놓고 덕행을 연마하게 하는 것이었어. 활쏘기는 백일, 천일 걸릴지라도 평생 놓지만 않으면 되는 것일세. 오늘 자네의 의지가 그토록 분명한데 나는 이제 자네를 기필코 문하에 들이겠네."

자로는 공자의 말을 듣자 공자를 와락 끌어안고 말을 잇지 못했다. 둘이서 오래도록 서로 쳐다보고 있었다. 자로는 축축해진 눈을 비비며 괴이쩍게 웃었다. 공자는 가볍게 자로의 어깨를 치고 희망에 가득 찬 어조로 말했다.

"들에서 자란 놈! 이후, 그 야성을 깨끗이 없애버리고 덕성을 잘 키우시게! 인으로 속내를 닦고 예의로 표면을 닦고 인으로 심성을 닦게. 그리고 예의로 언행을 닦아야 하네. 그렇게 하면 군자가 될 수 있어."

자로가 입문하고 스승을 섬기는 예식날이 돌아왔다. 제자들은 모두 도복을 입고 장포관(章甫冠)을 썼다. 두 손에는 구(笱)를 들고 질서 정연하게 행단 양쪽에 서 있었다. 공자는 단정한 차림새로 병풍 앞자리에 앉아있었다. 증석은 자로 입문의 소개인으로 자칭하고 자로를 이끌고 밖에서 들어왔다. 자로는 유복(儒服)을 입고 두 손에 지례인 죽은 기러기 한 마리를 들었다. 그것은 결사적으로 충성을 한다는 뜻이다. 그는 천천히 걸어 들어와 공손히 공자 앞에서 걸음을 멈추고 바른 자세로 서 있었다. 증석은 예전에 희희낙락거리던 자태를 가뭇없이 숨겨버리고 우렁찬 목소리로 또박또박 말을 했다.

"공문 제자 증석이 중유를 소개해 배사 입문시키노라!"

중유는 허리를 굽히고 기러기를 머리 위까지 추켜들며, 성실하고 씩 씩하게 말했다.

"변인 중유는 부자의 인덕을 우러러 뵙고 이렇게 지례를 올리면서 그대의 제자가 되겠노라 청 하나이다!"

라고 말하며 기러기를 공자에게 바쳤다.

"고생 많았다. 공문은 인을 자신의 책임으로 하니 과중하지 않기를 바란다. 평생 노력해야 하는데 너무 멀지 않아야 한다. 강직하지 않고 의지력이 없으면 되지 않는 것이야. 그 임무가 과중하고 길이 멀지 않 겠는가! 나는제자의 인도를 수호하고 죽을 때까지 발꿈치를 돌리지 않겠다."

공자가 기러기를 받아들고 말했다. 이때 증석이 말했다.

"큰절을 올리게!"

중유는 두 손을 감싸고 예배하는데 이마가 땅에 닿게 절을 세 번 하고 난 후 서서 뒤로 물러섰다 다시 다가와 또 세 번 절하였다. 이것이 바로 삼배구고의 대례였다. 이렇게 하여 자로는 공자의 제자가 되어 평생 신변을 떠나지 않았다. 자기의 생명으로 공자를 수호하는 사이가 되었다. 후의 일이지만 중유가 갓끈을 바르게 매고 죽었을(結纓之死) 때, 공자는 깜짝 놀랐다.

맹 씨 형제를 제자로 받아 인(仁)을 가르치다

공자가 행단을 차린 지 3년이 지났다.

행단에 심은 은행나무는 쑥쑥 자라서 수림을 이루었고 행단은 물론 주위의 집들도 은행나무 숲속에 잠긴 듯했다. 나뭇가지는 울창하고 서로 잇닿아 있어 잎사귀가 서로 엉켜있는 것이 그야말로 생기발랄해 보였다. 봄이면 짙은 향기를 뿜어 온 천하의 꿀벌을 끌어들였고 여름과 가을엔 주렁진 과일이 천하 길손들의 손길을 내밀었다. 당시, 노나라에 있는 공자 행단처럼 인기 있는 강단은 없었다.

이날도 공자는 행단에서 제자에게 인을 강의하고 있었다. 갑자기 덜컥덜컥하는 말발굽 소리와 떨렁떨렁하는 방울 소리가 들려오더니 웬 마차 한 대가 행단 문 앞까지 왔다. 옥수가 채찍을 한번 휘두르고 마차를 세웠다. 이어 마차에서 의젓한 옷차림을 한 세 사나이가 문을 열고 내려와 강단으로 올라가서 머리를 조아리며 절했다. 이들은 다름 아닌 맹희자(孟僖子)의 두 아들로, 큰아들은 맹의자(孟懿子)였다. 원명은 중손하기(仲孫何忌)였다. 작은아들은 남궁괄(南宮适)이며 자는 자용(字容)이었다. 그리고 원명은 경숙이었는데, 통칭하여 남용(南容)이라 했다.

공자는 예의로 상대하여 그들을 일으켜 세우고 자리를 권했다. 맹희자는 삼환(三桓) 중의 한 사람으로서 노나라의 제3인 자로 정치적 지위가 계평자 버금가는 인물이다. 비록 권위가 상당한 자이지만 그도 역시 배운 것이 없었으므로 아무런 능력도 없는 밥통이나 다름없었다.

노 소공(魯昭公) 7년(기원 535)되던 해, 맹희자는 노 소공을 모시고 초나라 방문을 떠났었다. 가는 도중에 정(鄭)나라를 거쳐 지나갈 때 정나라의 정백이 소공을 접대했다. 소공과 군신은 서로 마주하였을 뿐 아무런 예의도 차리지 못했고, 맹희자는 그러한 자신이 부끄럽기 그지없었다. 그들은 또 초나라 경내에 들어섰을 때 초나라는 시내가 아닌 교외에서 성대한 예식을 차려 접대했는데, 소공과 군신들은 어찌 예의를 차려야 할지 몰라 난처했다.

주례는 모두 노나라에 있다고 하는 말에 이들 군신은 어리벙벙하여 대꾸를 한마디도 못했다. 그야말로 한심한 일이었다. 고악(鼓樂)이 합주되고 대중들이 지켜보고 있었다. 나라의 외교 장소에서 맹희자는 대단한 수치를 느껴 얼굴이 홍당무가 되었다. 구슬 같은 땀방울을 흘리며 돌아올 수밖에 없었다. 귀국 후, 맹희자는 이번 방문을 평생의 최대 치욕으로 생각해서 천하의 유명지사를 방문하기로 결심하고 공자를 찾아갔었다. 그는 귀하고 낮음을 아랑곳하지 않기로 했다.

툭 털면 먼지밖에 없는 공자에게 예의를 배우러 왔기에 코를 맞대고 앉아 담론했다. 공자는 질문마다 꼭 대답이 뒤따랐다. 말하는 것이 청산유수여서 마치 황하가 파도치며 흐르는 듯하였다. 그런데 공자의 해박한 지식과 깊은 견해에, 요즘 청년 중 학문이 가장 깊은 자는 공자라고 인정했다.

하지만 자신의 맏아들 중손은 온종일 한가하게 놀기만 했다. 나이 30이 되었으나 배운 것이 아무것도 없었다. 둘째 아들 남궁괄은 선천적으로 총명하지만, 아직도 어린애 같아서 열 몇 살밖에 되지 않는 개구쟁이 정도였다. 그러니 맹 씨네 가문을 어떻게 일으킬 수 있겠는가 하는 것이 문제였다. 특히 복잡하게 얽힌 계 씨와 숙 씨 두 가문과 대치하는 상태에서 이런 문제는 맹희자에게 늘 바늘방석이었다.

임종 시, 그는 두 아들을 침상 옆에 불렀다. 예의의 중요성과 자신의 교훈 그리고 공자의 가계를 알려 주었다. 그리고 공자는 구름과 바다보다 더 다양한 지식을 갖고 있다고 자식들에게 알려 주었다.

"예는 사람에게 있어서 뼈대인바, 예의가 없으면 설 자리도 없다. 내가 듣건대 성공 길에 오른 공자는 성인의 후손으로 그에게 예를 배울 수만 있다면 꼭 성공할 수 있을 것이다."

맹의자 아들들은 아버지의 유언을 가슴 깊이 새기고 부친을 안장한 후 공자에게 학문을 구하러 달려온 것이다. 이들은 아버지가 다르고 어머니가 같은 형제지만 성격은 전혀 달랐다. 맹의자는 콧대가 높고 안하무인이어서 큰 성의 없이 부명을 따랐기 때문에 부친이 세상을 떠난 후, 부업(父業)을 계승했다. 조정에 입족(立足)하여 국정이나 좌지우지하려 했다. 그런데 어떻게 오합지중(烏合之衆)들과 동문 할 수 있겠는가 하며 회의적이었다. 남궁괄은 형에 비해 성실하고 후덕하며 천진하고 활발했음으로 많은 사람의 환심을 샀다. 맹의자의 화려한 의복 차림과 오만한 태도는 동학들의 불만을 자아냈다. 이 모든 것을 공자는 손금 보듯 했으나 항상 왼눈을 감고 있었다.

공자는 맹 씨 형제를 제자로 받겠노라 대답하고 공문 규칙대로 길일을 택해 지예 입학 행사를 하기로 했다. 이날 날씨는 맑고 청명해서 보기 드물게 좋았다. 맹 씨 형제의 배사 입문의 모든 예식은 그침이 없었다. 맹의자는 동생을 대표하여 두 손으로 지례인 크고 살찐 꿩을 올렸고 삼배구고를 행하고 있었다.

그때였다. "쿵!" 하는 소리가 갑자기 들려왔다. 육중한 물건이 담장 밖에서 떨어지는 소리였다. 이어 구해 달라는 소리와 앓는 소리가 들려왔다. 안노(顔路)가 밖으로 자초지종을 살피러 나갔다. 그 뒤로 몇몇 참견하기 좋아하는 제자들이 따라 나갔다. 엄숙하고도 장엄해야 할 배사 예식은 뒤죽박죽이 되고 말았다.

종의 신분인 연경을 제자로 들이다

얼마 지나지 않아 안노와 몇몇 제자들이 상처 입은 한 청년을 부축하여 행단으로 데려왔다. 이 상처 입은 청년은 화토라고 하는데 원 신분은 노예였다. 지금은 서민이 되어 안노와 함께 방목을 하고 나무도 하는 친구였다. 행단을 지을 때 그는 안노와 구슬땀을 흘렸을 뿐만 아니라 젖 먹던 힘까지 다하여 은행나무를 함께 심던 사람이다. 자기 집 마당에 있는 은행나무를 캐 온 사람이다. 지금 그 은행나무는 가지가 많고 잎이 무성하게 자라 과실이 무성하여 이를 행림존장이라 할 수 있게 되었다.

그동안 화토는 매일 주인을 위해 방목도 하고 나무도 했다. 마차를 몰고 가마도 들었고 채소밭도 가꿨다. 짬만 있으면 달려와 공자의 강의를 가만히 듣곤 했다. 그는 담벼락에 엎드리기도 했고 나무에 올라가기도 했다. 지하 하수도 구멍에 들어가기도 했고 나뭇가지 뒤에 숨기도 하면서 학생들이 큰 소리로 읽으면 그는 낮은 소리로 따라 읽었다. 그렇지만 그는 공 씨 강단에 입문할 용기가 없었다. 자신이 종의 신분이기에 유교무료 사상에 포함되는지 몰랐다. 또한, 매일 굶주린 창자를 채우기도 힘든데 어디 가서 마른고기를 얻어다 지례를 바치겠는가?

다만 지난해에는 종의 신분에서 해방되어 서민이 되었을 뿐 달라진 것은 없었다. 이를 알고 있는 안노가 열정적으로 그를 도와 돼지 한 마리를 잡아 마른고기 열 드럼이나 말려 지례를 마련해 주었다. 또한, 안노는 황도 길일이어서 맹씨 형제가 배사 입문하는 날임을 알려 주며 부자께 사정해 보겠노라 하였다. 그는 엄격하면서도 위엄스럽지만 온화하고 존경스럽고 자상한 분이기에 꼭 대답하실 것이라고도 말했다.

열 드럼 지례는 날이 밝자 안노가 미리 내실로 가져다 놓았다. 그때 제자들은 집에서 다니는 사람도 있었고, 기숙하는 사람도 있었고, 반은 공부하고 반은 일하는 사람도 있었다. 공부하는 곳을 당(堂)이라 했는데 지금의 교실과 같았다. 기숙하는 곳을 내(內)라 했는데 지금의 기숙사와 같았다.

화토는 맨 처음에 벽을 사이에 두고 수업을 듣다가 나중엔 아예 벽을 타고 청강을 하며 부자와 동학들을 기다리기로 했다. 그들이 자기를 발견하면 그 기회를 타서 입문을 사정해 보려고 마음먹었기 때문이다. 그러나 화토는 맹 씨 형제의 지례 의식을 구경하다가 그만 담장에서 떨어져 발목을 상했다.

안노의 소개를 들은 공자는 아무 말도 없이 일어서 제일 큰 은행나무 옆으로 가서 가지만 어루만졌다. 은행이 가득 달린 가지들을 바라보는 순간 가슴은 부글부글 끓었고 눈시울에는 이슬이 맺혀 못 박힌 듯 서 있었다.

배사의식은 특별한 규정이 없다. 화토는 소개자도 없이 공자 앞에 무릎을 꿇었고 눈물범벅이 되어 슬프게 애걸했다.

"소인이 진작부터 배사 구학하려 하였사온데, 오늘… 오늘은… 주인께서 은혜를 베풀어서 이 소인을 학생으로 받아주십시오!"

그는 종의 신분에 습관이 되었기에 타인을 보면 주인이라 했고 자신에 대해서는 소인이라 말하는 습관이 있었다. 공자는 괴로워하면서 두 손으로 그를 부축해 일으키며 말했다.

"나는 이미 제자를 널리 받아 나이와 신분의 귀천을 가리지 않는다. 오려는 자 막지 않기로 했다!"

안노는 화토를 대신하여 열 드럼의 살찐 마른고기를 지례로 들였다. 또한, 공자 앞에 서 있다가 격격거리고 말을 더듬으면서 설명했다.

"부, 부자님! 화, 화토가 서, 서민이 되 되었나이다!"

공자는 단호히 말했다.

"유교무류니, 노예라도 괜찮다…."

화토는 안달이 난 심정으로 공자가 거절하실까 봐 매우 두려워하는 표정을 지었다.

"다만 화토란, 그 이름이 아쉽구나. 내가 이름 하나 지어 주겠다. 자네의 성이 어찌 되는가?"

공자가 말했다.

"부자님! 그의 성은 연 씨입니다."

안노는 화토가 대답도 하기 전에 성을 대신 대답했다.

"좋네! 그렇다면 연경(冉耕)이라 하게. 자는 백우(伯牛)라 하고"

공자는 화토의 이름을 지어 주었다. 연경은 다시 무릎을 꿇고 연신
절했다.

"주인의 대은, 대덕 고맙습니다!

공자는 또 말씀하셨다.

"지금부터 나더러 주인이라 하지 말게. 자넨 지금부터 나의 제자이
니 스승이라 하게!"

연경은 고마운 뜻을 어떻게 표현할 길이 없어 연신 굽신거렸다. 이
마를 어쩌나 조이는지 흰 이마가 빨개졌다. 그렇다. 만약 공자가 학교
를 꾸리지 않았더라면, 또 유교무류의 사상으로 제자를 광범위하게 받
아들이지 않았더라면, 연백우 같은 종의 신분이 어떻게 학교에 다닐
기회를 얻었겠는가. 그가 또 어떻게 공부 72 성현 중 제일 인기 있는
자가 되었겠는가. 자신의 덕행을 글로 써서 청사에 길이 빛날 수 있었
겠는가!

연경이 입학하니 뭇 제자들은 기뻐서 퐁퐁 뛰었고 남궁괄도 손뼉 치
면서 축하했는데 유독 맹의자만 꺼림칙했다. 그는 성품이 곧은 사람이
어서 속에 있는 말을 하고 마는 성미로, 아직 사회생활 경험이 짧기에
양면 술수라곤 쓸 줄 몰랐다. 그는 한 걸음 다가서면서 매우 성실한 듯

이 공자에게 말했다.

"부자님. 종놈을 받아들이는 것이 예의에 부합되는지요? 이대로 나
간다면 귀하고 천한 것과 높고 낮은 것마저 잃게 되옵나이다."

맹의자의 한마디에 제자들이 기름 가마에 물방울 떨어진 듯 펄펄 날
뛰며 '종의 신분은 어째서 학교에 다니지 못하느냐?'며 쟁론이 분분해
졌다. 공자는 제자들을 제지하지 않고 일부러 듣고만 있으며 맹의자로
하여금 의견을 듣도록 했다. 맹의자는 난생처음으로 이런 구설을 들었
지만, 부자의 면목을 보고 화를 내지 않았다.

모두 조용해진 다음에야 공자는 자신의 유교무류 사상의 이론적 근
거를 설명했다. 이것으로 맹의자에게 답변을 해 준 셈이 되었고 제자
들을 제자리에 앉혀 놓고 인에 대해 계속하여 강의했다. 이때 맹의자
는 첫째 제자 자리가 비어 있는 것을 보고 태연자약하게 거기에 앉았
다. 그랬더니 제자들의 눈길이 일제히 스승에게 쏠렸다.

자로는 노기등등하여 검 자루를 잡으면서까지 말했다.

"중손 대부! 이 자리는 벌써 3년이나 비어 있었는데, 당신은 이곳에
앉지 못하외다."

맹의자는 몸을 일으켜 청하는 어조로 부자에게 물었다.

"부자님! 제자가 여기에 앉아도 되겠사옵니까?"

공자는 맹의자에게 되물으며 뜸을 들였다.

"자네가 보기에는 어떤가?"

맹의자가 몹시 난처한 것을 동생 남궁괄이 보고는 형의 행위에 얼굴
이 홍당무가 되어 쥐구멍에라도 기어들어 가고 싶은 심정이었다.

주나라 사신으로 가서 노자를 만나다

맹 씨 형제가 입학한 후 공자의 교육 자금은 넉넉해졌다. 학문 탐구에 필요한 자금은 일부 사람들의 도움으로 이곳저곳에 찔끔찔끔하던 것과는 달리 계획 있게 진행되었다.

그동안 어떤 문제는 몇 년씩 시간을 들여 전문적으로 탐구하려던 민속 세태 조사라든가, 음악이론 공부와 같은 것이 쉽게 해결되어 근래에는 교육에 힘쓰는 한편 주례를 깊이 탐구하게 되었다.

그는 제자들을 가르치며 허다한 난제에 봉착하여 원만한 해답을 주지 못하는 것이 괴로웠다. 그러던 차에 소문에 노담(老聃)이 예악의 오묘함과 도덕의 정수를 깨달았다 하여 그를 찾아 배우러 갈 마음이 있었으나 경제적 어려움으로 이루지 못했었다. 그러나 지금은 남용이 공부하러 왔기에 가능하리라 생각되어 자기 생각과 계획을 이야기했더니 남용은 그 자리에서 쾌히 대답했다.

"일 년에 한 번씩 있는 주나라에 사신을 보내는 계절이 돌아왔사옵니다. 지금까지는 부친이 내왕하셨는데 올해는 제가 가면 됩니다. 군주에게 아뢰어 스승님과 함께 가면 꿩 먹고 알 먹기가 아니겠습니까."

남용은 이 일을 지체할세라 소공에게 아뢰었다. 소공은 의외로 쾌히 응했다. 사실 소공은 속으로 걱정하고 있었다. 그런데 고민이 사라진 것이다. 첫째로 남용이 현명한 대신이라는 것을 너무나도 잘 알고 있었다. 그가 공자를 모시고 간다면 완전히 믿을 수 있었다. 둘째, 공자는 벌써 현명하기로 유명하여 그를 동행케 하면 강대한 정치세력으로 발전시킬 수 있을 것이다. 그것은 공자에게 물고기를 보냈을 때만 해도 공자의 처사가 옳았던 것이 세월이 지나며 증명되었다. 셋째로 소공은 정권이 셋으로 나뉘어 정권 방락으로 꼭두각시가 되었기 때문이다. 정권 방락이란 정권이 타인에게 떨어진 것을 말하는 것으로 그는 공자가 이번에 주나라에 가서 공실을 강화할 것으로 믿었다. 왕실을 억제할 영단묘약을 가져올 것을 상상하면서 그는 즉시 공자에게 남용과 함께 가도록 허락했다.

마차 한 대, 말 두 필, 마부 한 사람을 은사로 내렸다. 호화로운 마차 한 대가 딸각딸각 뿌연 먼지를 날리며 노나라 성에서 서남쪽으로 나는 듯이 달려갔다. 마차를 장식한 비녀장이며, 바퀴 테가 보통이 아니어서 고삐에 장식용으로 씌운 구리는 햇빛에 반사되어 눈부셨다. 마부가 바른 자세로 앉아 긴 채찍을 한 번 휘둘렀다. "짱!"하고 허공에서 소리가 터졌다.

두 필의 피둥피둥한 말은 질풍같이 앞으로 달려갔다. 마차 안의 두 사람은 정연한 차림새로 앉아 저마다 엄숙한 표정이었다. 왼쪽에 앉아 있는 사람은 키가 크고 체격이 웅장했다. 머리가 마차의 바람막이에 닿을 정도였다. 이 사람이 바로 공자였다. 왼쪽에 화복 차림을 한 피부가 새하얀 청년은 바로 남용이었다. 일행 세 사람은 이른 아침에 출발하여 밤중이 돼서야 쉬었다. 풍찬노숙하며 고생스럽기는 하나 그 기쁨에 한이 없었다.

남용은 때때로 공자에게 결혼, 상사, 제사 등 예법을 물었다. 공자는 대답 못 하는 것이 없었으며 듣기에도 좋았다. 그는 각종 예법의 복잡한 예의범절까지도 빠짐없이 모두 말할 수 있었다. 남용이 경탄을 금치 못했다. 공자는 말만 하는 것이 아니라 무엇이든 자기가 직접 척척 잘 해냈다. 시골에서 호구부를 지고 다니는 사람들이 마차 앞으로 지나갈 때였다. 공자는 언제나 가름대를 짚고 눈을 껌뻑하며 존경을 표시했다. 갈림길에서 갈팡질팡할 때면 직접 내려 깍듯이 인사하고 길을 물었다. 마부에게 맡기지 않았고 소경을 보면 꼭 마차에서 내려 경의를 표했다. 상복을 입은 사람을 보면 가름대 막대기를 짚고 동정을 표시했다. 경숙은 감탄한 나머지 혀를 껄껄 찼다.

만일 모두가 부자처럼 예의를 알고 겸손하게 양보하며 산다면 이 천하에는 분쟁이라곤 없을 것 같았다. 어느 날, 마차가 산 아래를 지나가고 있었다. 멀지 않은 곳에서 웬 청년이 그물로 새를 잡고 있었다. 공자는 마부 보고 마차를 세우라 하고 경숙과 함께 가름대를 짚고 구경했다. 큰 새들은 날아와 그물 주위에 앉아 조심조심 앞으로 갔다. 그런데 새는 가다마다하면서 주위의 동정을 살핀다. 그물에 접근해서는 고개를 갸우뚱거리다가 그물에 뿌린 미끼들을 거들떠보지도 않고 날아다니며 쪽쪽거려 경보를 울리는 것 같았다. 그러나 작은 새들은 아무런 생각 없이 그물 앞에 앉고 그물 안에 들어가 미끼를 쪼아 먹다가 그 청년에게 잡혔다.

공자가 경숙에게 말했다.

"큰 새는 경계심이 많아 그물을 보면 멀리 피해서 화를 멀리합니다. 그러나 작은 새는 먹이를 탐내어 스스로 그물 속으로 들어갑니다. 탐식하면 죽는 법이라는 것을 알려 주는 교훈이 될 것입니다. 새들도 조심하거늘 군자라면 응당 더욱더 조심해야 합니다. 부귀를 탐내지 않고 정확한 외교 방법을 선택해야 합니다."

경숙이 손을 맞잡고 인사를 올리면서 말했다.

"스승님의 교시에 진정으로 감사하옵니다."

공자의 가르침은 전 사회적인 것으로 강단에만 국한되어 있지 않았다. 교재는 광범위한 생활이었으며 절대《육예》에만 국한되지 않았다.

경숙은 스무살도 되지 않은 젊은이였다. 처음으로 외교 무대에 나가 중임을 짊어져야 했기에 긴장을 풀 수가 없었다. 낙읍(洛邑)에 거의 도착하자 그는 공자에게 물었다.

"부자님! 노자(老子 · 노담)를 뵐 때 인사를 어떻게 올려야 하옵니까?"

공자는 양미간을 살짝 찌푸리더니 낮은 어조로 일러 주었다.

"부담스럽게 여기지 말게. 대부분 유덕군자(有德君子)는 자신을 엄격히 하고 타인을 너그럽게 대하네. 그러니 겸손해야 하며 타인의 청구에 예의를 행해야 하네. 자기는 청구할 것이 없어도 예의는 반드시 행해야 하네. 대덕(大德)에는 규칙을 어기지 말아야 하며 소덕(所德)에도 오류가 없어야 하네."

공자의 대답을 듣고 난 경숙은 시름을 놓고 화제를 바꾸려 했다. 그런데 갑자기 마부의 말소리가 들려왔다.

"낙읍에 도착했사옵니다."

마부는 이어 공중에 대고 채찍을 세 번이나 후렸다.

공자가 머리를 들어보니 과연 낙읍성 중부 계간의 정자가 보였다.

공자는 마차에 앉아 뒤돌아보지 않고 한담하지 않았다. 이것이 그의 일반적 습관이었다. 이날은 며칠 동안 이렇게 먼 거리를 온데다가 제자를 데리고 왔다. 자연 낡은 습관을 타파하고 또 제자에게 생동한 교육도 한 셈이었다. 공자는 낙읍에 도착하니 기분이 매우 상쾌해져 주위를 살펴보았다. 그가 갑자기 마부에게 말했다.

"천천히 모세요."

경숙은 영문을 몰라 무엇 때문에 마차를 천천히 몰라고 하는지 물었다.

공자는 밖을 가리키면서 말했다.

"저 큰길을 깨끗하고 정연하게 청소해 놓은 걸 보아라. 노담이 우리가 도착할 날을 예상하여 벌써 준비했구나. 절대로 말을 급하게 달리지 말자꾸나."

마부는 공자의 분부대로 말을 천천히 몰았다.

수림을 외돌았을 때, 공자는 길 양쪽에 이미 사람들이 서 있는 것을 보았다. 마차에서 내려 지례로서의 기러기를 받쳐 들고 대범하게 앞으로 걸어갔다. 경숙도 서둘러 마차에서 내려 뒤따랐다.

노자의 성은 이 씨이고 이름은 이(耳)이며 시호(諡號)는 담(聃)이다. 초(楚)나라 고현(古縣) 사람으로, 수장실지사(收藏室之史)의 직을 담당하고 있었다. 그는 성구에 익숙하고 역서에 정통하며 주례와 천도에 능숙했다. 역수에 통달하여 학문을 물으러 오는 사람들이 꼬리에 꼬리를 물었다. 비록 강단을 설치하여 설교하지는 않았다. 근일에 공자가 주나라에 방문한다는 소문을 듣고 매우 기뻐했다. 사람을 시켜 울안을 깨끗이 청소하고 시 교외에까지 귀빈 마중을 나왔다.

공자 일행은 정중하게 앞으로 걸어갔다.

체격이 훤칠하고 키가 크며 우람한 노자가 앞쪽 한가운데 서 있었다. 그는 옷깃이 교착된 검은색 명주 겉옷을 입고 있었다. 땅에 끌릴 듯한 검은색 폭넓은 치마를 받쳐 입고 있었다. 바닥이 두 층으로 된 명주실 장화를 신고 있었다. 허리에는 4촌 넓이의 비단 띠 위에 또 쌍 겹으로 된 가는 띠를 둘렀다. 허리의 상아 가죽 칼집에는 옥 자루로 된 장검이 걸려 있었다. 온몸의 검은색은 사람들에게 장엄하고 엄숙한 느낌을 주었다.

처음 보는 인사들도 충분히 경의를 자아내게 했다.

새하얀 머리와 수염은 전신의 검은 색 옷차림과 선명한 대비를 이루었다. 한 치 남짓한 길고 흰 눈썹은 내리 드리워져 눈을 덮었다. 듬성듬성한 긴 수염은 한 자 남짓한데 마치 새로 뽑은 명주실과 같았다. 자연스럽게 백발은 바람에 나부꼈다. 백색 사슴 가죽으로 된 작사(爵士) 고깔이 보기가 좋았다. 그 양편에는 영롱한 옥 주련을 드리웠는데, 은빛 별처럼 빛을 뿌렸다. 용처럼 굽실한 등나무 지팡이는 땅에 끌릴 때마다 뚜~ 뚜~득, 하고 소리가 났다. 노자의 풍채를 목격한 공자는 속으로 도고선풍(道古仙風)에 감탄을 금치 못했다.

그는 기러기를 머리 위로 추켜들고 굽신거리며 대례를 행했다.

"노나라 군주께서 공구와 남궁경숙을 파견하여 존경하는 스승님을 뵈러 왔사옵나이다."

노자는 앞으로 한 발 나서 맞절을 하면서 기러기를 넘겨받았다. 시동에게 넘겨주고 또 절을 하면서 답례했다.

"공자의 배우는 즐김이 천하에 소문이 났기에 후생이 두렵소이다. 이 늙은이는 뛰어도 못 따르겠습니다."

노자의 목소리는 종소리와 흡사했다. 땅에 떨어져도 소리가 날 듯했다. 돌아서더니 시동이 들고 있는 목반자 위에 놓여 있는 술잔을 들었다. 그리고 공자에게 말했다.

"공자! 벗이 먼 곳에서 왔으니 기쁘지 않을 수 있겠는가! 자, 술이나 한 잔 마셔보세!"

공자와 경숙은 한 모금 입에 물고 잔에 남은 술을 땅바닥에 쏟았다. 이것은 당시의 예의로서 노제(路祭)이다. 노자와 공자 경숙은 한 마차에 앉아 입성했다. 일행들은 마차를 뒤따라 역 관문 앞까지 왔다. 노자는 예학에 관한 일을 입 밖에 내지 않았다. 경숙이 성급한 어조로 언제 가르쳐 주겠느냐고 물었다.

"급할 것 없네. 두 분께서는 급하게 서두르지 말고 이곳 풍경을 유람하십시오. 며칠 푹 쉬고 다시 의논해도 늦을 것 없습니다."

노자는 태연히 말하고 갔다. 공자도 예학에 관한 말을 입 밖에 내지 않았다. 경숙은 원망의 어조로 공자를 향해 말했다.

"부자께서는 군주께서 짊어져 주신 사명을 잊으셨나이까?"

"너무 성급하면 도리어 더 늦어지네. 우리는 사방으로 유람하면서 많은 것을 듣고 보고 하세. 사색할 시간을 많이 갖게 된 뒤에 배우면 소득이 더욱 높지 않겠는가?"

경숙은 공자의 사리에 밝은 설명을 듣고 나서 기뻐하며 대답했다.

"내일부터 어디를 유람해볼까요?"

"명당(明堂)과 태묘(太廟)를 먼저 가 보세."

경숙의 말에 대꾸하면서 공자는 다음날 유람할 것을 생각했다.

꿈에 주공을 만나고, 태묘를 관람하다

이튿날 이들은 먼저 명당으로 갔다. 명당은 옛날 군주들이 정치와 예를 분명하게 널리 밝히던 곳으로 묘회(廟會)를 이곳에서 진행했다. 묘회란 묘의와 비슷한데 명절마다 사당 부근에 모여서 이루어지던 것으로 명절도 쇠고 무역도 하는 모임이다. 행사는 매년 4월 초여드레부터 시작한다. 지금도 초여드레, 열여드레, 스무 여드렛날이면 성행하고 그 외의 대형 예식을 묘회에서 진행했다. 경상(慶賞. 시상 회의), 선사(選士), 교학(敎學) 등이 모두 이곳에서 진행되었다. 명당 사면에는 요(堯), 순(舜), 우(禹), 걸(桀), 주(紂)나라 왕들의 화상이 걸려 있었다. 요, 순, 우의 화상은 위풍이 늠름하고 자상하며 활달하고 영준해 보였다. 걸과 주는 악마와 잔나비 상으로 그려져 있었다. 벽에는 주공 상성왕(相成王)의 화상도 그려져 있었다.

공자는 주공의 화상을 보더니 문득 사흘 전 저녁의 꿈자리가 생각났다.

그 날 저녁이었다.

세 사람이 한 늙은이의 집에 숙박했다. 한밤중이었다. 관리가 군사를 거느리고 문을 박차고 들어와 노인의 하나밖에 없는 어린 외동아들을 잡아갔다. 그리고 의복과 식량을 모두 빼앗았다. 노인은 밤새도록 울면서 어찌할 바를 몰라 했다. 언변 좋은 공자도 할 말을 잃었고 가슴이 찢어지는 듯 아팠다. 눈시울에는 이슬이 맺혀 몽롱한 상태였다.

그때 어떤 노인이 용거(龍車)를 타고 내려왔다. 그는 노인을 위로하며 오순도순 이야기를 나누었다. 그리고 자상하게 웃었다.

"상심하지 마시오! 인덕정치(仁政德治)를 실행해야 하오. 백성을 도탄 속에서 구해야 하오."

용거를 타고 온 노인이 공자 양 볼의 눈물을 손으로 닦아 주더니 어디론지 사라져 버렸다. 꿈을 깬 공자는 자기의 양 볼에 그의 두툼한 손자국이 남아있어 온화한 열기를 느꼈다. 공자는 홀로 묵묵히 꿈속을 회상하고 있었다. 그 인상 깊은 노인이 누구인지 생각나질 않았다. 가슴 속에는 줄곧 의혹을 떨칠 수 없었다. 마치 무엇이라도 잃어버린 것처럼 가슴이 허망했다.

주공의 화상을 보니 꿈속에서 본 그 노인과 조금도 차이가 없어 보였다. 그제야 그는 주공이 자신에게 꿈으로 나타났었다는 것을 깨달았다.

공자 심중의 주공은 주를 토벌하는 무왕과는 달랐다. 성왕을 도와 크게 변혁시킨 문왕의 아들과도 같지 않아 보였다. 그이는 오직 하늘의 신령으로서 인간의 우상 같았다. 제왕의 모범이며 자신의 행동지침과도 같았다. 인류사회는 마치 일엽편주와도 같아, 끝 간데없는데, 대해의 파도 속에서 하늘하늘 전진하고 있는 것이 인간이었다.

주공이 제정한 예학전장(禮學典章)은 바로 그 편주의 키잡이고 노가 없으면 이 일엽편주는 방향을 잃게 될 것이다. 또한, 앞으로 가기는커녕 후퇴할지도 모른다. 자신의 사명은 바로 걸출한 사공이 되어 노질하는 것이다. 돛을 높게 달고 키잡이를 온전히 수행하며 노를 빨리 저어 일엽편주가 앞으로 멀리멀리 나가게 하는 것이다. 사실 이런 비유들이 그리 합당하지만은 못한 것 같았지만, 주례(周禮)에 있어서 그런 것은 아니었기에 수중의 역류나 소용돌이와 늘 역행하게 하는 것 같았다. 공자는 주공 보좌도(補佐圖) 앞에서 주춤거리며 오랫동안 떠나려 하지 않았다.

그들은 또 동주 태묘에 갔다.

태묘(太廟)는 제왕의 조묘(祖廟)로서 제왕들이 조상에게 제를 지내는 곳이다. 경숙은 한 줄로 놓인 겹채의 큰 사당을 보았다. 기와 용마루가 거의 지붕이고 비첨두공(飛檐斗拱)이었다. 어느 것이 태묘인지 가려낼 수 없어 공자가 그에게 알려 주었다.

주례에 의하면 삼소(三昭)와 삼목(三穆)에 태묘까지 합하여 천자 7묘라 한다. 좌소우목(左昭右穆)의 순서로 부자 두 대가 구별되어 있고, 시조 위는 한가운데 있으며, 소위(昭位)와 목위(穆位)는 좌우 순서로 배열되어 있다. 종묘(宗廟)는 그다음 순서이며, 그다음은 무덤 제사장으로 배열되어 있다.

공자의 가르침을 받은 경숙은 그제야 깨달았다.

"저 한가운데 있는 것이 곧 태묘일 것이며 후직(后稷)의 사당이겠군요!"1

두 사람은 계단을 따라 태묘로 가면서 손짓으로 가리켜 보기도 했다. 그러면서 주거니 받거니 고금에 대해 담론했다. 그러다가 문득 계단 위에 놓여 있는 금 조각상이 눈에 띄었다. 입에 봉인 세 장이 붙어 있었으며 등에는 다음과 같이 쓰여 있었다.

'고지신언인야(古之愼言人也)'

경숙은 너무나 신기하여 손으로 조각상을 만지면서 세 바퀴나 돌았으나 그 뜻을 터득할 수 없었다. 공자를 바라보니 그도 사색에 잠겨 있었다.

"도대체 어떤 의미이옵니까?"

"이 조각상은 입을 거듭 조심하라는 뜻이네. 자고로 사람을 경계시키는 것이네. 전하는 말에 의하면 그의 등에는 주공의 분부가 새겨져 있다고 했다. 사람들에게 말이나 처사에 조심하라는 뜻이다. 말이 많으면 시비가 많아지며, 시비가 많아지면 화가 잦아진다. 화가 잦아지면 후회도 많은 것이라네."

경숙은 그제야 깨달았다. 공자는 또 사색하면서

"그렇지만 모순이 너무나 많은 말일세. 세상만사 거꾸로 되어가고 권세가 폭력적인데 어찌 가만히 있으란 말인가! 이 정세를 바로 고치고 정의를 위해 과감하게 진언(進言)해야 하네. 그렇게 하는 사람이 없으면 인간 세상의 고통은 말도 못 할 걸세. 나는 이 말이 주공께서 하신

---

1 중국의 순(舜)임금 때에 농사일을 관장하던 벼슬 이름.
2 중국의 순(舜)임금 때에 농사일을 관장하던 벼슬 이름.

말씀이 옳은지 의심되네. 아마도 사람들이 옛일을 빌어 옮겨 놓은 것일지도 모르네."

"설마…?"

경숙의 말을 잘라 공자가 말했다.

"우리는 예의를 배우러 온 것인만큼 말을 함부로 하지 말아야 하네. 훗날 도의를 담론할 때에는 존경과 겸손이 더욱 필요하네. 귀를 깨끗이 씻고 잘 들어야 하네."

두 사람은 말을 주고받으면서 묘실의 안쪽으로 들어가 각양각색의 잘 진열된 제기들을 관람했다. 공자는 태묘와 삼소, 삼목 안에 모든 것을 눈여겨보았다. 전당과 궁궐의 넓이, 높이, 길이며 다양한 제기들, 심지어 그 색채도 빼놓지 않고 죄다 눈에 집어넣었다. 부자의 지식은 동해의 물처럼 그 양과 깊이를 알 수 없었다. 경숙은 감탄을 금치 못하며 며칠간의 여행에서 배운 것들이 10년 동안 배운 것보다 더 많다고 생각했다. 그는 의혹에 잠겨 묻고 또 물었다.

"부자께서는 아는 것이 이리도 많소이까? 아마도 태어날 때부터 아신 것 같소이다."

공자가 머리를 절레절레 저었다.

"나는 날 때부터 아는 것이 아니라 옛것을 즐기고 부지런히 배운 것뿐일세. 내가 태묘에 처음 들어가 모든 것에 관해 물었을 때 사람들은 비웃으며 '숙량흘의 아들이 예의를 안다더냐?'라고 했네. 내가 그 말을 듣고 '예의를 위해 묻는 것이 옳니까.'라고 대답했네."

경숙은 공자의 말을 듣더니 조급해진 기색으로 불평했다.

"이렇게 예(禮)만 보다간 석삼년이 지나도 군주의 얼굴을 못 보겠소이다."

공자가 농담 삼아 말했다.

"스승이 가르쳐 주려 하지 않는데 제자인들 어이할꼬? 자습이나 해야지!"

노자의 자기습득(自己習得) 교육 방법을 배우다

사실 공자도 속으로 추측이 갔다. 노자는 역관까지 데려다주고 몸을 살짝 뺀 후 나타나지 않는다. 또한, 예의는 가르쳐주지 않고 유람이나 하라 했다. 혹시 가르쳐주기 싫어하는 것은 아닐까? 갑자기 그는 고개를 번쩍 들더니 모든 것을 깨달았다. '노자는 벌써 우리에게 전수를 시작했다!'

"내일 우리는 어디로 갈 예정입니까?"

경숙이 울먹이며 물었다.

"마차를 타고 맹진(孟津)으로 가세!"

"무왕이 벌주(伐紂)할 때, 제후들이 집회하던 곳이 아닙니까?"

"이 좋은 기회를 빌려 하, 상, 주, 삼대 고적을 돌아보세. 그곳에서 태평성세의 어질고 사리에 밝은 사람을 돌이켜 생각해 본다는 것은 행운일세."

"언제쯤 노자의 가르침을 받을 수 있습니까?"

"스스로 의사에 맡기겠네. 다만 오늘 이후, 매일 아침에 어디 갈 것인지 아뢰기만 하고, 노자를 뵙는 것을 억지로 구하지 말게."

공자의 확신에 찬 모습에 경숙은 이해가 되지 않아 의아해서 물었다.

"무슨 뜻이옵니까?"

"묻지 말고 다니면서 생각만 하게. 만일 삼 일 후, 해답을 얻지 못하면 알려 줄 터이니…."

다음날 공자와 경숙이 노자의 댁으로 갔다. 시종이 나와서 손님을 맞았다.

"스승께서는 외출하시고 계시지 않소이다."

"수고스럽지만 스승께 아뢰어라. 오늘 공자와 경숙은 맹전으로 간다고…."

그다음 날 먼동이 트자 그들은 또 찾아갔다. 그런데 노자는 여전히 집에 없었으며 공자는 스승께 아뢰라고만 했다.

"수고스럽지만, 오늘 서박(西亳)의 계(契)와 탕(湯)으로 간다고 아뢰어라."

공자와 경숙은 전대에 두 왕의 옛 수도로 간다고 말하고 나왔다. 이렇게 전해 놓고 옛 수도를 돌아보았다. 옛 수도에서 돌아와도 날은 아직 저물지 않았다. 할 일이 없었으므로 공자는 경숙에게 민가를 방문하자고 했다. 경도에는 사람마다 예의에 능숙하니 어디든 가 보고 싶었다.

"예의를 아는 자는 사인귀족(士人貴族)이온데 주민에게 배우시겠습니까? 더구나 부자처럼 학문이 높으신 분께서 말입니다."

공자는 웃으면서 타이르셨다.

"자네의 말에 도리가 없네. 삼인 행에 필시 선생이 있거늘 배움엔 질문을 수치로 여기지 말아야 하네."

그들이 초가집 문을 두드렸을 때 한 늙은이가 나왔다.

공자가 온 사연을 말했더니 주인이 손님으로 초대했다. 이 집은 몇 세대가 한집에서 사는 대가족이었다. 후배들이 과일을 가지고 와 시중을 들었다. 이 집에는 한 가정 몇십 명의 식구가 매우 화목하였다. 밥 짓기, 실 뽑기, 쌀 씻기, 김매기, 방목 등등으로 정연히 각자 제 역할을 하고 있었다. 공자는 늙은이에게 경도에서 행하고 있는 예제에 관해 물었다.

"경도 예제에는 이증예(餌贈禮), 사향예(射鄉禮), 식향예(食鄉禮)가 있습니다. 이증예는 죽은 사람의 제사에 사용하고, 사향예는 향당(鄉堂)3을 공손히 섬기는 데 사용하고, 식향예는 빈객을 공손히 섬기는 데 사용합니다."

공자는 또 물었다.

"이런 많은 예제의 사용처에 대해 말씀해 주옵소서."

늙은이는 말을 계속 이었다.

"한 가정에서 손위와 손아래가 분명해야 합니다. 안방에서는 부모, 형제, 처자가 화목해야 합니다. 조정에서도 관리 등급이 중요합니다. 농사와 수렵은 군사에 이로워야 하고, 전쟁에서는 무예가 제일 우선이

_____

3 향당: 자기가 태어났거나 사는 시골 마을. 또는 그 마을 사람들. 옛날에는 500집이 당이 되고, 12,500집이 향이 되었음.

어야 합니다. 이 사회에 예의가 없으면 어찌 되겠습니까? 마치 맹인이 길을 가는데 부축하는 사람이 없는 것과 같은 것입니다. 또한 이것은 방에서 촛불 없이 긴 밤을 홀로 지내는 것과 같습니다. 눈과 귀를 서로 볼 수 없는 것과 같은 것입니다. 손발이 서로 도와줄 수 없으니 그 재화가 모자라는 것입니다."

경숙은 이를 듣고 연신 고개를 끄덕이었다. 이들 사도는 인사를 올리고 역관으로 돌아왔다.

장홍을 만나 악에 관해 배우다

다음 날 공자와 경숙은 여전히 노자에게 갔다. 그런데 입도 열기 전에 시종이 말했다.

"스승이 태묘에 계십니다. 선생님들께서는 어서 그곳으로 가 주시옵소서!"

두 사람은 급히 태묘로 걸음을 재촉했다. 그런데 나이 많은 한 사람이 사당 앞에 서 있었는데 그 모습이 아주 초연해 보였다.

"두 분이 공자와 남궁경숙이신가?"

그 늙은이가 먼저 물었다.

"그렇사옵니다."

공자와 경숙이 공손히 대답했다.

"이 늙은이는 장홍(萇弘)이라 합니다."

두 사도는 큰절을 올렸다.

"악사님인 줄을 몰랐사온데 많은 양해를 구하옵나이다."

"오늘은 '대무'라는 악장을 악공들이 연습하오니 두 분의 많은 지도를 바라옵나이다."

"대무라?"

공자는 의외의 소식에 너무도 놀라서 어찌할 바를 몰랐다.

대무라는 악곡은 모두 육성(六成. 지금의 6막)으로 되어 있는 곡이다. 주 무왕이 제후들을 인솔하여 상조(商朝)를 뒤엎은 사실을 반영한 것이다. 대형 악무(樂舞)로 수십 년 동안 거의 실전(失傳)된 곡이었다. 그런데 주나라의 장홍이라 하는 악사가 유일하게 그것을 알고 있었다. 육성까지 통달하였으나 아직 누구에게도 전수하지 않은 곡이다. 그러하니 일반 귀족들과 대부들은 목격만 해도 그것을 행복으로 여길 정도였다. 그뿐 아니라 영예와 자부심도 느낄 수 있는 곡으로 공자는 자기에게 호박이 넝쿨 채 떨어질 줄은 꿈에도 생각하지 못했다. 너무 기뻐서 어쩔 줄 몰랐다. 장홍이 그들을 자리에 앉게 하니 악공들은 어느새 악기로 줄을 세워 놓았다. 음량이 작은 현악기를 맨 앞에 세웠고 다음으로 음량이 더욱 큰 죽관(竹管) 등 취주 악기(吹奏)를 놓았다. 음량이 제일 우렁찬 건고(建鼓), 편종(編鐘), 편경(編磬) 등은 제일 뒤로 놓았다. 그야말로 금(金), 석(石), 토(土), 혁(革), 사(絲), 목(木), 포(匏), 죽(竹) 팔음을 구현했다.

공자는 남몰래 감탄했다.

악기는 이렇게 배열하면 질서가 정연히 잡힌다. 그뿐만 아니라 음향 차도 분명하니 주 악사는 과연 주 악사였다. 그 호랑이 문양이 찍힌 특별한 석경(石磬)은 엄청나게 크고 정밀했다. 생전에 처음 보는 것으로 저 운(隕)은 어찌하여 구멍이 일곱 개나 될까? 노나라에서는 다섯 개짜리만 사용했다. 그런데 혹시 궁(宮), 상(商), 각(角), 징(徵), 우(羽) 외에 더 있는 것은 아닐까? 오음은 지금 오선보의 도, 레, 미, 솔, 라에 해당한 것이다. 오음 외에 청각(淸角)과 변궁(變宮)과 두음까지 있는 것은 아닌지? 변궁은 지금의 화, 씨 음에 해당하는 것이다. 보아하니 저 축(筑)은 십삼 현일 것이 분명하다. 저 생(笙)은 황(簧)이 열네 개일 것이다. 저 우(竽)는 황이 적어도 서른여섯 개일 것이다. 그리고 저 약(龠. 배소(排簫)의 전신)은 편관(編管)처럼 되어 있다. 저 목축(木柷)은 기름통처럼 생기고, 저 오는 앉아 있는 범처럼…. 이라고 입속말로 중얼거렸다.

공자는 정신이 나갈 정도로 멋진 악기들을 분별하고 있었다. 그런데 웅장하고 위풍이 넘치는 북소리가 그의 사색을 깨뜨렸다.

둥~!
둥 둥~!
두 둥 둥~~~!

북 방망이의 박력있는 매질 소리가 중천에 울려 퍼졌다. 때론 긴장되게, 때론 느슨하게 들렸다. 때론 천군만마가 내달리는 것처럼 산천에 포성이 울리는 것 같았다. 그 소리가 천둥처럼 하늘땅을 진동하는 것 같았다. 때론 낮은 깊은 산골짜기에서 들려오는 메아리 같았고, 줄 끊어진 연이 팔락팔락 나부끼는 소리를 내는 것 같기도 했다.

공자는 혼잣말로 중얼거렸다.

"어찌 저 북소리는 저리도 오랫동안 울릴까! 이것은 아마 뭇 사람들을 부르는 것이 아닐까!"

그 옆에 앉았던 장홍이 말했다.

"공자가 알아차렸구먼! 이렇게 오랜 북소리는 기필코 뭇 사람들을 부르는 것이지."

북소리가 지나간 뒤 무사들이 대열을 지어 북쪽으로부터 등장했다. 관면(冠冕)을 머리에 쓰고 흰 도끼와 붉은 방패를 든 무사들이었다.

"시작하시게!"

장홍이 중얼대듯 말했다. 무사들이 산하가 진동할 듯 송가(頌歌)를 부르기 시작했다.

아, 영명하고 위대하신 무왕이여!
견강(牽强)한 것을 떨치고 일어나 영예롭도다.

문덕(文德) 있고 현명한 문왕이여!
후세 개업을 마련하시노라.

무왕은 문왕의 유지(遺志)를 계승할 수 있으니
은·상을 타승하고 주왕을 소멸하였어라.

공적을 쌓았으니 천하의 백성이 우러러보노라.

무사들의 태도는 공경스럽고 경건하였다. 노랫소리 또한 웅장하고 우렁찼다. 그때, 갑자기 장홍이 또 중얼거렸다.

"삼보(三步)로 방대(方隊)를 이루세!

무사들이 발을 세 번 구르더니 대열을 짓기 시작했다. 공자는 또 생각에 잠겼다.

'이 악사 영감이 때로, 중얼대는 것은 무슨 뜻일까? '삼보로 방대를 이루세' 라니 아무래도 출정(出征)할 시간이 된 것일까? 아, 노인장이 나에게 암시를 주는 것이었구나.' 생각이 여기까지 미치자 자기도 모르게 마음속에 경의가 넘쳐났다.

제2막이 한참 발랄하게 진행되고 있었다.

무사들은 무대(舞隊)에서 각종 전투 동작을 선보이고 있었다. 그것은 군대의 위력이 천하에 진동함을 상징하였다. 이 막에서는 춤사위가 제멋대로이면서 격렬하고 맹렬했다. 주나라 필승의 자신감을 나타내는 최후의 장면이었다. 이에 이르러 열이 나뉘었는데 이는 은주(殷紂)의 멸망을 나타내고 있었다.

장홍이 또 중얼거렸다.

"위풍 늠름하게 토벌하니 나라가 성세로다! 협공하면서 진출하니 승리를 일찍 거두도다!"

무대에 선 무사들이 노래를 부르면서 승리를 축하했다.

제3막의 내용은 벌주(伐紂) 승리 후 남방으로 진군하는 것이었다. 제

4막의 내용은 남방을 평정하는 것이었다. 제5막의 내용은 무왕의 통치를 보좌함을 상징하고 있었다. 대열이 주, 소, 이공을 중심으로 좌우 두 대로 나뉘었다. 악곡은 난을 돌출시켜 고조를 형성했다. 춤추는 사람들은 앉은 자세로 주·소 이공의 평화성세를 나타냈다. 무의 난에서 앉은 자세는 주, 소 이공의 정치를 가리키는 것이다.

장홍은 의연히 중얼거렸다.

"재출발은 현능으로 향하고, 난을 평정하여 다스림으로 돌아가네."

제6막이 시작되었다.

대열은 다시 합하여 주, 소의 강대함과 주무왕의 훌륭함을 소리쳐 칭송했다. 앞부분의 무악(舞樂)은 이것으로 막을 내렸다. 공자는 그 기세와 도도한 가무에 크게 탄복했다. 마음속 깊이 신성하고 위풍당당하고 숙연한 감정이 북받쳤다. 그리고 그는 혼자서 환상에 잠겨 보았다. 문무 주공의 백 년 태평성세 속에 사는 삶을 그려 보는데 갑자기 그의 귀에 장홍이 중얼거림이 또 들려왔다.

"모든 음은 사람의 마음을 생하게 하며 감정을 밖으로 표현시키는 것이다. 소리를 그 형체로 삼으며, 소리가 문장으로 되었을 때 음(音)이라 한다. 이 음은 세상을 안정시키며 악(樂)으로 그 소리를 조화롭게 한다. 난세의 음은 원망이 도도하니 그 소리로 정치를 바로잡게 하며, 망국의 음은 비참한 것이나 민중의 허덕임을 회상케 한다. 성음지도(聲音之道)란 바로 정치와 통하는 것이기 때문이다."

여기까지 들은 공자는 북받쳐 오르는 감정을 억제할 수 없었다. 상을 치며 묘하다고 감탄했다. 음악과 정치와 교양은 서로 통하는 것이었다. 태평성세의 음악은 안락한 것으로 정치도 역시 밝음과 아름다움을 닦는 것이었다. 난세의 음악은 기필코 원한이 가득 차 있는 것으로 그 정치도 역시 가혹할 것이 틀림없었다. 상가(喪家)의 음악은 기필코 비애가 가득 찬 것으로 민생이 도탄 속에서 헤맨 것이기 때문이었다.

공자는 장홍의 앞으로 가서 인사를 올렸다.

가르침을 받으려 할 때 노담(老聃)이 언제 와 있었는지 입을 열었다.

"선생님께서 또 악경(樂經)을 가르치려 하십니까? 오색은 사람의 눈을 멀게 하며 오음은 사람의 귀를 멀게 하네. 오미는 사람의 입맛을 돋우나 만물은 무로부터 시작되고 소리가 크면 아주 드문 소리가 되고 형체가 크면 형태가 없네. 도는 은폐되어 있으면 그 이름이 없어지는 것이네. 그러니 도가 있어야만 선이 되는 줄로 알기 바라네."

장홍은 노담의 말을 듣고 얼굴을 붉히며 추호도 양보하지 않았다. 그리고 반박해 나갔다.

"악자(樂者)는 상(象, 형체)이 있는 것일세. 악(樂)이야말로 가짜가 생길 수 없다. 선함과 미를 전부 나타내는 것이야. 온 세상 사람이 모두 미를 알고 아름답다 한다. 허나 그것은 실로 악(惡)이며 선(善)을 아는 자가 아니다. 악을 베풀면 그것은 불선(不善)이 되는 것이다. 그들은 상생(相生)함이 없으므로, 상성(相成)하기 힘든 것일세. 길고 짧은 형체는 높고 낮음에 기우는 것이야. 음성(音聲)이 조화를 이루어야만 전후가 어우러지는 법이네."

가르침 없이 가르치고 질문 없이 질문하는 노자

노자는 두 눈을 가늘게 뜨면서 스스로 만족하여 말했다. 아름다운 의경(意境)3에 도취되어 스스로 즐기는 듯했다. '당신과 악(樂)을 논하면 아무리 말해도 통하지 아니하니 신경만 곤두서네.'라고 하면서 발을 동동 구르더니 공자를 향해 말했다.

"젊은이! 저분한테 도를 가르침 받으면 헛물밖에 켤 수 없을 것이네."

공자가 잠시 생각을 하곤 살짝 인사하고 나서 명랑하게 말했다.

"두 분 스승께서 악(樂)과 도(道)를 담론하시는 사이 덕분에 공자는 많은 것을 터득하였습니다. 논의는 서로 다르지만, 노자께서 도의로 악을 논하셨습니다. 도의 위치를 높이 세우고 악사님께서는 악으로 도를 논하셨습니다. 악의 위치를 높이 세우시니 두 분께서 말씀하시는 것이 같습니다. 유에서는 서로 다르지만, 도리에서는 같은 것 아닙니까? 그러므로 서로 쟁론할 필요가 없는 것 같습니다."

두 늙은이는 서로 껄껄 웃었다.

"과연 헛소문이 아니구먼. 재치가 재빠르고 지나친 사람이야"

공자는 무슨 뜻일까, 곰곰이 생각해 보았다.

두 분이 서로 약속한 것이 아닐까 싶었다. 노담을 세 번 찾아갔는데 도를 전수하지 않고 유람만 시켰다. 그리고 지금은 또 《대무》라는 악무를 구경시켰다. 이 모두가 계획적인 것 같았다. 도를 전수하지 않는 것으로 도를 가르치려는 것이 아닌가 생각했다.

공자는 노담에게 '예법의 지식'을 물었다.

"출장(出葬) 시 어떻게 해야 하며 어린애가 죽으면 어떻게 해야 합니까? 먼 곳에 묻어야 합니까? 아니면 가까운 곳에 묻어야 합니까? 국상(國喪)이면 전쟁을 중지해야 합니까? 그리고 출전할 때 국왕의 위패를 가지고 가야 하는 겁니까?"

노담은 사실과 정리(情理)에 비추어 명확한 답을 주었다. 이에 공자는 깍듯이 인사를 올렸다. 노담은 미소를 지으면서 말했다.

"자네들 벌써 배울 것 다 배웠네. 돌아가 터득이나 잘 해 보게!"

노담은 시를 읊듯이 노래했다.

혼연일체인 한 물건이
천지가 태어나기 전에 있었네.
소리가 없었네. 형체도 없었네.
영원히 외계의 힘 바라지 않고
쉼 없이 순환 운행하네.
천하의 근본이어라.

나는 그 이름 몰라.
도(道)라고 한 즉
억지로 이를 꺽 자로 불렀다네.
꺽 자는 사라져 멀리멀리 사라지고
멀리멀리 사라졌던 것 다시 돌아왔네.

도를 크다 하고, 하늘을 크다 하고,
땅을 크다 하고, 사람은 대단하다네.

우주에는 사대(四大)가 있다네.
사람이 제일 위치에 있다네.
사람은 땅을 법칙으로 삼고,
땅은 하늘을 법칙으로 삼고,
하늘은 도의를 법칙으로 삼네.

노래를 듣다가 경숙이 휴~ 하고 한숨을 쉬었다.

"경숙은 아마 평생토록 스승님의 도리를 깨닫지 못할 것 같습니다. 통하지 못해도 무방하지요. 세상 밖에서 살면 누리고자 하는 마음이 적어지고 편안합니다. 좋으나, 나쁘나, 아둔하나, 굴욕적이나, 아무것도 존재하지 않을 것입니다."

"그렇지! 그것이 바로 우리의 도의라네."

노자가 이어받으면서 말했다.

"꺾여야 온전한 것이 알려지는 것이네. 굽은 것이 있어야 곧은 것이 알려지는 것일세. 우묵해야 넘쳐나는 것이 알려지는 것이고 낡은 것이 있어야 새것이 알려지는 것일세. 적은 것을 알려야 얻음이 있고 많은 것이 있어야 유혹이 생기는 것일세."

경숙은 멍하니 못 박힌 듯 서있으며 어떻게 말해야 좋을지 몰라 했다. 참으로 신비하고 괴상한 늙은이가 이상하게만 보였다. 보고 또 보이는 귀신 조화를 알 바 없었다. 허허실실(虛虛實實), 유유무무(有有無無), 진진가가(眞眞假假)이다. 그러면서 사람의 머리를 때렸다. 한참 골똘히 듣던 공자는 흡사 현문(玄門) 속으로 들어가는 것 같았다. 주위의 모든 것을 죄다 잊어버리고 한없이 넓고 푸른 바다의 물결에 휩싸였다. 자신이 인간 세상과 현실 생활의 모든 번뇌를 초탈한 것 같았다. 그곳은 전쟁과 살상이 없고, 기아와 고통이 없었다. 피눈물과 창칼도 없는 곳에 모든 것이 대자연이었다. 인간은 자랑스러운 자식이고, 자연은 인류의 어머니 같았다. 무수한 삼림은 그녀의 흩날리는 긴 머리카락이고 졸졸 흐르는 물은 그녀의 달콤한 젖줄이었다. 넓디넓은 초원은 그녀의 드넓은 가슴 같았다. 따뜻한 햇볕은 그녀의 정녕 맑은 안목이었다. 산이나 큰 바위 등에 험하게 우뚝 솟아 있는 드높은 달님은 그녀의 머리에 꽂힌 옥으로 만든 얼레빗이었다. 솔솔 부는 화창한 바람은 그녀의 꿀 같은 목소리였다. 동동 뜨는 안개는 그녀의 비단 치마폭이었다.

해가 뜨고 달이 지며, 새싹이 파릇파릇 돋고 곡식은 황금 물결쳤다. 벌레 울고 개구리 노래하며 꾀꼬리는 꾀꼴꾀꼴, 백학은 너울너울 날았다. 사슴은 깡충깡충 뛰고, 나비는 팔랑팔랑 날았다. 산은 드높고 하천은 저 멀리 흘렀다. 하지만 그 이상 속의 세계는 너무나도 멀었으며 눈에 아물아물했다. 공자의 사색은 재빨리 사물을 분별하고 이해하는 현실 속으로 들어갔다. 이 사랑과 미움, 악과 선의 세계, 바로 자신의 사색이 발전할 수 있는 기반으로 돌아왔다.

공자는 의기가 분발하여 노담과 장홍에게 인사를 올렸다.

"두 스승님의 가르침으로 제자는 이생에 득 될 이익을 얻었사옵니다. 날을 택해 돌아갈 예정이니 앞으로 바쁘시더라도 회견해 주시기 바랍니다. 그때, 다시 바로 잡아 주시기를 바라마지 않나이다."

노담은 장홍과 마주 보고 나서 말했다.

"이 미혹한 늙다리는 성현이라, 부름을 감당치 못하겠네. 다만 나이를 많이 먹은 턱에 이별에 임해 부탁 몇 마디 하겠네."

예스러운 예절을 취하며 노자는 청주 한 잔을 들고 말했다.

"부귀한 사람들은 재물을 들이며 인자(仁者)는 부탁을 드린다네. 나는 부귀하지 못하니 인자의 습성을 빌어 말이나 부탁하겠네."

"귀담아 듣습니다."

"총명하고 깊이 파고드는 자가 죽는 것은 남의 시비를 논하기 때문이다. 논변을 잘하는 자가 위태로운 것은 남의 악을 지어 내세우기 때문이니라."

"명심하여 새겨 두겠습니다."

노담은 고개를 숙이고 골똘히 귀담아듣고 있는 공자를 보고 칭찬했다.

반대로 변화하는 것은 도의 운동이고,
유약(柔弱)은 도의 작용이여라!
재화는 언제나 복과 함께 있으며,
복은 언제나 재화가 숨겨져 있다네!

논의가 많으면 행동하기 힘드니
가운데를 택할지어라.
외모가 단순하면 속내가 소박하고,
사욕을 줄이면 욕망이 줄어드네.

자세가 바르면 자연스럽고,
모가 나 남에게 상처 주지 않는다네!
정직하다고 생각하지 않으면 안 되며,
명랑하다고 눈부시게 말아야 한다네!

"나는 도를 가르치지 않는 것으로 도를 전수했네. 자네는 도를 묻지
않는 것으로 도를 물어왔어. 내가 가르쳐 줄 것이 더는 없으며 자네는
도를 완전히 통달하였네."라고 말했다.

"제자가 어떻게 감히 도를 알겠습니까? 선생님은 저의 종신 스승이
오니 더 많이, 더 오래도록 가르쳐 주옵소서. 스승님의 도를 배우고자
하오니 하루속히 노성(魯城)에 오십시오. 그러시다면 스승님의 가르침
을 더 골똘히 듣겠사옵니다."

노자는 웃으면서 말했다.

"어서 떠나시게. 성과가 있기를 바라네."

"스승님 평안하시길 바랍니다!"

공자와 경숙은 삼배구고하고 나서 떠났다.

그들은 천천히 마차에 올라 아쉬워하며 돌아갔다. 노자와 공자는 역

사상 아주 걸출한 인물들이었다. 그들의 회견은 고대 문화 역사의 빛나는 한 페이지를 남겨 놓았다. 역시 뿌연 먼지를 흩날리며 마차를 끄는 말발굽 소리는 점점 멀어져만 갔다.

'위험한 나라에 들어가지 않고, 난리가 난 나라에 살지 않는다'라고 했다.
하지만 군왕이 없는 나라에서 또 어떻게 살아갈 수 있으랴!
주례에 의하면 대부가 무죄로 나라를 떠나면 변경에서 사흘 묵었다.
만약 국군이 옥가락지를 보내오면 만류하는 뜻이라 했다.
그 대신 옥 뭉치를 보내오면 내어 쫓는 뜻이다.

제6장

노나라를 떠나
제나라로 가다

노 소공에 극기복례(克己復禮)를 주장하다
새로운 팔일무를 선뵈어 칭송을 받다
두계지란에 축군 된 노 소공을 따르다
고국 땅 노나라 국경을 넘어 제나라로 가다

孔子

노 소공에게 극기복례(克己復禮)⁴를 주장하다

　공자가 명을 받고 주나라 서울에 가서 예와 악의 도를 배우고 돌아온 것은 대단한 은사(恩賜)였다. 그는 집에 돌아온 후 제자나 집 식구와는 이야기를 나눌 시간도 없이 곧바로 노나라 궁궐로 가서 소공(昭公)을 만났다.

　소공은 공자의 이번 여행에 큰 기대를 걸고 있었다. 낙읍에서 손에 맞는 도구나 예리한 무기를 가지고 와 공실을 강화하고 족실(族室)을 억제시켜 삼환(三桓) 및 귀족들을 무릎 꿇리기를 바랐다. 또 그들이 훈계를 받아들여 부림에 성실히 복종하고 딴 마음 없이 자기에게 충성할

----

4 극기복례(克己復禮): 욕망(慾望)이나 사(詐)된 마음 등을 자기 자신의 의지력으로 억제(抑制)하고 예의(禮儀)에 어그러지지 않도록 함

수 있게 하길 바랐다. 하지만 공자가 그에게 가져다준 것이라곤 극기복례(克己復禮)로 자기를 억제하고 예의를 회복하라는 것이었다. 이는 실제적 논리와 주장에 부합되지 않는 것이었다. 마치 신발 위로 가려움을 긁는 격이었다. 이는 소공을 크게 실망하게 했다. 노 소공이 필요로 하는 것은 마음을 강하게 하는 것(强心劑)이지 마음을 편안하게 하는 것(康復劑)이 아니라서 그는 다음과 같은 결론에 이르렀다.

공자는 학문을 배움에 있어서 좋은 선생으로는 될 수 있지만, 지나치게 고리타분하여 함께 벗하여 노나라의 정치 정세를 변혁시킬 수 있는 사람은 아니다.

소공의 냉담은 공자에겐 흥겹게 왔다가 울면서 돌아갈 수밖에 없을 일이었다. 소공에게 공자는 나무가 있고 불씨가 있어도 공기와 공간이 없으면 태울 수 없고, 활과 살이 있어도 숲과 들판이 없으면 사냥할 수 없듯, 속에 학문이 꽉 차 있고 일편단심이라도 쓸모가 없게 되었다.

명군을 모시지 못하면 자신의 포부를 실현할 수 없다. 공자는 군주의 중용을 받지 못한다 할지라도 교육과 학문에 몰두할 수밖에 없었다. 그래서 공자는 노자를 뵌 후 주관에 치우친 처사는 점점 적어졌다. 일에 봉착하면 더욱 냉정하여 타고난 근면성과 열정이 더 많은 사람의 경의를 자아내게 했다. 먼 곳에서부터 찾아온 많은 제자들이 노자(老子)에 관해 물어보면 그는 그때마다 이렇게 대답했다.

"새는 날 수 있는데 날기를 즐기는 새는 화살에 잘 맞는다. 야수는 잘 돌아다니는데 잘 돌아다니는 야수는 포수에게 잡힐 위험이 많다. 유독, 용은 구름과 풍랑을 아랑곳하지 않고 안개 첩첩한 하늘을 거닐어도 당할 자 없으니 내가 보기에 노자가 바로 그 구름 속의 용이다."

악에 대한 명강의를 시작하다

공자는 기력을 집중하여 악을 전수하고 있었다. 그때의 악은 사(詞),
곡(曲), 무(舞) 등 문예의 총칭이었으므로 지금의 악과 유형적으로 구별
되어 있었다. 하루는 공자가 행단에서 제자들에게 악을 강의하고 있었
다. 제자들은 뭇 별이 달을 모시듯이 공자를 둘러싸고 있었다.

"주악의 결구는 보통 네 개의 악단(樂段)으로 나뉜다. 즉 인서(引序),
발전(發展), 고조(高潮), 결미(結尾) 등이다. 연주가 시작될 때에는 곡조
가 평온하며 자연적으로 발전한다. 점점 조화를 이루며 기호상에서 계
속 발전하여 고조기에 이른다. 그때에는 절주가 뚜렷하고 명쾌하며 애
정이나 태도가 매우 맹렬하다. 결말 부분에 와서는 그 메아리가 오래
도록 울려 퍼진다."

이때 증석은 한쪽에서 거문고를 치다가 멈추고 제자들에 둘러싸인
공자에게 물었다.

"이 거문고는 어이하여 현이 25줄이 옵니까?"

"거문고는 본래 복희 씨가 창조한 것으로서 현이 50줄이었네. 황제
때 한 소녀(素女)가 거문고를 너무 처량하게 타는 것을 보고 황제는 명
령을 내려 절반으로 줄여 오늘날의 25현 줄이 되었네."

자로의 크고도 거친 손으로 거문고를 치는 것은 매우 생소해 보였다. 반나절이나 배워서야 기본 줄을 짚는 법을 겨우 알게 되자 자로는 짜증이 났다.

"선생님! 세상 사람들이 이따위를 배워 무슨 쓸모가 있다 하옵니까?"

이에 공자는 평온하고도 자연스러운 어조로 자로에게 설명했다.

"거문고와 비파(琴瑟)는 그 소리가 온화하고 화목한 분위기라 군자의 미덕과 흡사한 것이다. 그리하여 살기(殺氣)를 막는 데는 가장 효과적이다. 정상적으로 금슬을 치노라면 수양과 덕성을 닦을 수 있다. 천진한 마음으로 돌아가지 않으면 좋은 소리를 낼 수 없다. 아니 이보다 더 큰 효과를 보는 것은 동화(同和)를 이루는 예의 가장 중요한 기본이 되는 것이다. 예의는 특별히 다르지 않고 악은 동화를 이룬다. 양자의 조화가 이루어질 때는 이상적인 도덕적 경지에 도달할 수 있다. '시에서 흥미를 얻어 예의에서 믿음이 서고 악에서 성공을 이룬다.'라고 했네. 바로 이 도리일세!"

공자가 흥미진진하게 말을 했지만, 자로는 어리벙벙했다. 또, 다시 거문고와 비파를 연마하기 시작했지만 신통치 않았다. 그 소리가 마치 아낙네가 솜을 타는 소리와 흡사했다. 공자는 자신의 제자들 대부분이 노력하고 진보도 빠른 것을 알았다. 그런데 유독 자로의 악기 타는 소리는 빗물이 독 뚜껑 치는 소리 같았다. 자로에게서 아무런 곡조가 없는 것을 듣게 되자 책망까지 했다.

"이렇게 하고서야 어떻게 악기를 배우겠느냐?"

"제자가 아둔하옵니다."

자로가 부끄러운 기색을 띄우면서 대답했다.

"거문고와 비파를 연마하는 것은 성급하면 아니 되는 것일세. 중요한 것은 그 초조한 성격을 버려야 해. 들뜨는 성미를 가지면 아무리 노력한대도 헛물만 켜는 법이야."

공자는 자로를 타일렀다.

"알겠소이다!"

자로가 고개를 연신 끄덕였다. 그러나 마음을 어떻게 진정할 수가 없었다. 아마도 자로의 특성은 어쩔 수 없는가 보다. 활을 당기고 검을 휘둘렀던 자로는 손이 크고 거칠었다. 그리고 타고난 성격마저 거칠었기에 거문고와 비파를 다루는 입문의 속도가 아주 늦었다. 그탓에 많은 학생이 얕잡아 보기까지 했다.

공자는 이 형편을 보고 제자들에게 말했다.

"중유의 학문 진보가 매우 빠른데 아직 숙련되지 못했다. 집에 돌아오면서 거실에는 도착했으나 안방에는 들어가지 못한 격이다. 좀 더 노력하면 오히려 더 큰 발전을 보게 될 것이다."

자로를 격려하여 상심하지 않도록 했다.

새로운 팔일무를 선뵈어 칭송을 받다

공자가 35세 되던 중추 8월, 노나라 소공(昭公)의 조상 제삿날이 가까워졌다. 상례대로 제사 준비는 계평자가 제주의 역할까지 맡아서 해야 했다.

계평자는 투계놀음 외에 또 사람을 조직하여 팔일무(八佾舞)를 연습하는 등 아주 바쁘게 보냈다. 그는 올해의 조상 제사를 더욱 훌륭하게 치러 자신의 권위를 자랑하고 조상의 영예를 높이려했다.

공자의 활동은 항상 현실 사회의 문제와 결부하여 가을이 돌아오자 팔일무를 수정하는데 바쁜 시간을 보냈다. 팔일무의 가사와 음악과 무도를 더욱 충실하게 완미하게 하기 위해 문왕조(文王操)와 대무(大武)의 우수한 점만을 참조했다. 주도천자(周都天子) 교제(郊祭)의 장점을 살려 온 힘을 기울여 장엄하게 수정하려 했다. 문무의 신위를 나타내며 훈풍처럼 온유하고 월광처럼 청명하게 하려 했다. 문무의 청렴을 재현하여 춘우(春雨)처럼 스며들게 하고, 문무의 덕과 은택을 재현하는 것으로 생각했다. 그는 밤낮없이 침식마저 잊어가며 수정을 마무리하자 제자들에게 연주와 춤 연습을 독려했다. 그리고 많은 정력을 기울여 악대를 정돈하고, 악기를 증가시켜 그 규모를 확대하였으며, 대열도 개편했다. 어디서 보아도 그 진용이 질서 정연하고 음향효과도 잘 조화되어 가로로 보나 세로로 보나 가까이 보나 멀리 보나 같은 효과를 내게 했다.

이에 반해 궁정 안에 악사들이 조직한 팔일무는 전혀 달랐다. 거의 다 응대에 필요한 활동으로서 연기자들은 기계적으로 움직이며 팔다리만 놀릴 뿐 모든 동작의 내용에 대해서는 아무도 몰랐다. 심지어 악사 자신도 그것에 대해 이해가 없었다. 그러나 공자의 팔일무는 그렇지 않았다. 주로 가르쳐 주고 배우는 것으로부터 출발했기 때문이다.

총체적인 데로부터 한 부분에 이르기까지 악무의 경지 속으로 들어가게 했다. 발을 한 번 들고 손을 한 번 내밀고 고개를 한 번 돌리는 작은 동작까지, 그 의미를 알 수 있었던 것은 동작을 한 번 하는 도리에 대해 항상 설명이 뒤따랐기 때문이었다. 공자는 정신자세와 진지한 감정에 머리를 써서 동작의 조화나 무용 자세의 미와 같은 것들이 아주 교묘히 어울리게 했다. 공자와 그 제자들이 출연하는 팔일무는 궁중 것과는 완전히 달랐다. 제사의 날짜가 하루하루 다가오자 행단의 팔일무도 매우 완비되어 갔다.

어느 날 남궁경숙이 군주께 아뢰었다.

"제삿날이 곧 다가옵니다. 그런데 계평자는 매일 술판과 닭싸움을 벌이고 있습니다. 정사에 관해 묻지도 않고 있어 부자께서 예의를 갖추어 제사를 지내는 것(償相禮儀)을 주관하시면 어떻겠습니까?"

예전에는 계평자가 제례 사무를 주관했는데 예의에 생소하여 대강대강 해치웠다. 만일 군주가 동의만 한다면 나쁠 것은 없다. 제자들이 평소에 배운 것을 실습도 하고 시험도 하는 셈이었기 때문이다. 다만 계평자의 권세가 너무 높아 군주의 주장이 받아들여질지가 문제였다.

이때 맹의자가 벌떡 일어났다.

"제가 경숙과 함께 가서 군주에게 아뢰겠나이다!"

맹의자는 애초에 스승을 모시기에 태도가 거만했고 말도 겸손하지 않았지만, 아버지의 직무를 계승 받고 나서부터는 달라졌다. 허다한 공무상의 예의에 관해 모두 공자의 지도를 받았기 때문이다. 그러므로 그 거만한 태도가 날이 갈수록 변해갔다. 다음 날 소공은 많은 인사를 접견했다. 공자, 계평자, 맹의자, 남궁경숙, 숙손 씨, 구소백(邱昭伯) 등 이었다.

"어제 맹손 씨 형제나 나에게 공부자를 추천했네. 이번 제례를 주장했으면 한다네. 오늘 공부자의 의견을 들어보겠네."

공자가 이 말을 받아 몇 가지를 물었다.

"공구가 주도(周都)에 출사(出使)했을 때 행운이 있어 주 천자 교제대전(郊祭大典)을 목격할 수 있었습니다. 이 대제는 주 천자께서 몸소 주최하시는 것이 아니겠나이까? 주공의 예제에 의하면 타인이 함부로 주제넘게 탐하지 못하옵나이다. 각 제후의 국제대례(國祭大禮)는 각 나라 군주들이 직접 해야 합니다. 예를 들면 호호태공(昊昊太空)에는 태양이 오직 하나밖에 없는 것입니다. 그러므로 음양이 서로 조화되고 천지조화 즉, 바람과 비가 순조롭게 하옵는 것이며…"

주공의 천자에 관한 말씀은 끝이 나지 않는다. 공자는 말을 받아 이었다.

"전설에는 해가 열 개나 있었다 하옵니다. 그런데 한꺼번에 나오는 바람에 땅이 갈라 터졌다고 하옵니다. 또 초목이 말라 죽었다고도 하옵니다. 이에 후예(後裔)가 활을 당겨 아홉 개 태양을 떨어뜨렸다 하옵나이다."

소공과 기타 대신들은 귀담아듣고 있었다. 그러나 오직 계평자만이 얼굴에 냉소(冷笑)를 띄우고 있을 때, 후소백이 한마디 거들고 나왔다.

"군주께 아뢰옵나이다. 중니의 말씀이 지당한 것이라 사료됩니다.

군후(君侯)는 노나라의 대가(大家), 삼환(三桓), 소가(小家)이옵니다. 제조(祭祖) 대례는 응당 군주께서 주관하셔야 하옵나이다"

맹손 씨와 숙손 씨 등도 공자의 의견에 찬성하고 나섬으로, 소공은 누구의 말을 들으면 좋을지 몰라 머리를 돌려 계평자의 눈치를 보았다. 계평자는 태연하게 무릎을 꿇고 앉아 있다가 한마디 했다.

"신은 의견이 없사옵니다."

계평자의 그 침착한 행동에 무능한 소공은 도로 오리무중에 빠졌다. 계평자의 비정상적인 태도에 대해 공자도 의아하게 여겼다. 그렇지만 그 의도에 대해 의심하지 않을 수 없었던 것은 이미 제사 준비를 원만하게 해 놓았기 때문이다. 노래를 부르면서 춤을 추는 팔일무에 배열도 8행 대열에 매 행 여덟 사람씩 무용수가 64명으로 주 천자 제사 때 추는 규모의 제일 큰 무용으로 준비해 놓았다.

노나라는 주공의 봉지였으므로 주공은 무왕을 도와 천하를 평정시킨 공신이다. 성왕을 천자 자리에 앉혀 놓았다. 주 왕조에 대한 공헌이 제일 큰 주공의 은덕에 보답하고 표창하기 위한 특별한 제사로 성왕은 노나라 국제(國制)에서 천자의 대우를 누릴 수 있었다. 그래서 팔일무를 사용할 것을 특별히 허락했다. 나머지 제후들은 48명이 참가하는 육일무(六佾舞)를 사용할 수 있고 대부들은 32명이 참가하는 사일무를 사용해야 한다. 사자(士者)들은 16명이 참가할 수 있는 2일무로 규정되어 있어 이 규정을 어기는 것은 분수에 맞지 않는 행위였다.

제삿날, 공자는 사경에 기상하여 목욕하고 새 옷으로 차림새를 정성껏 하고 제자들과 함께 노군제묘(魯君祭廟)에 갔다. 제묘 안을 보니 들보가 낡았으며 주색(朱色)이 퇴색되어 있었다. 벽화들은 너절했으며 소와 양들이 여위어 있었고 희생물들이 고루 갖추어지지 않았다. 소공은 두세 사람의 호위를 받으며 학수고대하고 있다가 사시(오전 11시경)가 되어서야 공자 일행이 들어오자 제묘 안팎의 처량한 분위기는 얼마간 완화되었다. 공자는 눈앞에 모든 것을 목격하고, 안색이 먹장구름처럼 흐려져 마음이 수축하여 온몸에 혈액은 빙설처럼 응고한 듯했다.

제사 시간이 다가왔다.

계평자는 의지가 굳세어 당당하게 오지 않았다. 더는 기다릴 수 없어 소공이 부끄러운 안색을 하고 조상 앞에 무릎을 꿇자 몇몇 창로(蒼老)한 악사들이 연주를 시작했다. 앵앵하고 다 낡아빠진 악기 소리는 파리가 날아다니는 소리를 방불했고 백발이 된 몇몇 무용수들이 엉기적거리며 춤을 추었다. 마치 늦가을의 누에들이 최후의 발악을 하는 것 같았다. 공자는 차마 눈 뜨고 볼 수 없어 무릎 꿇고 아뢰었다.

"군주님! 조제는 조정의 큰 잔치인데 이렇게 하고야 어이 되겠습니까?"

소공은 한숨만 내 쉬더니 어쩔 수 없다는 듯 고개만 저었다. 이때 계평자를 데리러 갔던 악관이 소공에게로 다가와 아뢰었다.

"계총재 부에서 지금 한창 팔일무를 추고 있는데 조제를 치른다고 오려 하지 않소이다."

공자는 그 말을 듣고 너무 어이가 없어 하늘을 쳐다보기도 하고 땅을 굽어보기도 하다가 소공에 다가갔다.

"공구가 빈상(儐相) 직을 맡아 제자들과 함께 주악하고 춤을 추겠나이다."

"부자! 부탁하겠네."

소공은 눈시울이 뜨거워졌다. 공자는 사의관(司儀官)을 담당하여 제
사 사무를 직접 지휘했다. 헌작(獻爵), 번재(燔栽), 전백(奠帛), 행례(行禮)
와 같은 것이었다.

원래 공자는 사태가 이렇게 변할 줄 예측하고 만반의 준비를 했다.
잔치에 쓰일 악기들까지 미리 문밖에 가져다 놓았다. 제자를 보고 들
여오라 하니 즉시 대령했다. 무용을 담당한 제자들은 겉옷을 벗고 각
양각색의 무용복을 입었다. 공자의 지휘에 따라 정해진 위치에 가서
서 있었다. 공자 자신도 거문고 옆으로 가 연주하면서 노래를 불렀다.
삽시간에 타악기와 현악기, 각종 악기가 연주되었다. 관악기가 조화를
이루고 경축의 화음이었다. 이 악곡 소리는 하늘을 진동하면서 머리를
풀고 올라가는 안개같이 구름과 상봉하고, 날새들을 유인하며 달리는
짐승들을 그리는 듯했다. 무용수들은 그 노랫소리에 맞추어 장엄한 팔
일무를 추기 시작했다. 팔일무무(八佾武舞)로부터 시작하여 팔일문무
(八佾文舞)로 나갔다. 문무에 사용되는 도구로 오른손에 적(翟) 왼손에
홀을 들었다. 적(翟)은 한조(漢朝)의 절장(節杖)과 비슷했다. 절장의 용
두에는 깃털이 걸려 있었다. 그 깃털은 지금 곡부에서 전해 내려오고
있는 꿩의 깃털이 아니다.

무용 자세도 장엄하고 우뚝 솟아 있으며 숙연했다. 무용과 악곡의
기세와 동작들도 여느 제사 때를 훨씬 능가했다. 제조인 수가 적어 쓸
쓸한 기분은 어느 정도 가셔질 수가 있었다.

지란에 축군된 노 소공을 따르다

조제(祖祭)를 치룬 날 밤, 노나라에서 유명한 내란(斗鷄之亂)이 있었다. 원인은 노나라 공실이 쇠약해서 세습 신하들이 횡포를 부리고 정권이 계씨의 손에 놀아나자 소공이 계평자를 물리치고 공실 권리를 되찾으려 한 데서 비롯했다.

이해 여름 계평자와 후소백 사이에 닭싸움이 있었다. 시초는 계 씨네가 닭 날개에다 겨잣가루를 묻혀 놓음으로 후 씨네 닭이 눈이 멀어진 데서부터였다. 그 후, 후 씨네가 이 비밀을 알고 닭 발톱에 예리한 동 갈고리를 달아 계씨네 닭도 그 발톱에 눈이 멀게 된다. 제삿날인 오늘 오후, 그들은 또 닭싸움을 벌였는데 계 씨네가 후 씨네 닭 발톱에 씌운 동 갈고리를 발견하고 싸움은 더욱 격화되었다. 그래서 계평자는 이튿날 아침 후소백을 죽여 분을 삭이기로 했음을 발표한다. 그것도 소공의 입을 빌려 여러 사람 앞에서였다. 그러나 그날 밤 야경에 계 씨 댁이 포위되었다. 그것은 후소백이 장소백(臧昭伯)과 소공을 한편으로 힘을 합쳤기 때문이다. 특히 소공은 낮에 있었던 조상의 제사에서 망신을 당한 것을 떠올려 계평자란 놈을 당장 죽여 그놈의 살점을 먹고 가죽을 벗겨 자리를 까는 것으로 조상을 위안하려 했다.

이번 전쟁의 승부는 삼환 중의 명, 숙 두 집안의 태도였다. 계평자는 혼자 마음대로 권력을 휘두르고 제멋대로 난폭하게 하며 세도를 믿고 약한 자를 없이 여겨, 명과 숙 두 집안과 늘 옥신각신하는 사이라 그들은 산에 앉아 범이 싸우는 것을 구경하는 격이 되었다. 후소백은 이런 상황을 너무도 잘 알고 있었기 때문에 장군 대오를 소공에게 맡겨 놓았다. 자신은 명, 숙 두 집만 설복시키면 이길 수 있다고 생각해서 지금 한창 전장에서 치열히 싸우고 있는 것을 아랑곳하지 않고 맹의자와 술을 마시며 환담했다. 사실인즉 후소백이 추측한 것처럼 계평자는 아무런 방비도 없었고 역량도 부족하여 독 안에 든 쥐였다. 꼼짝달싹 못 하고 잡힐 형편이었다. 그런데 이 위기일발의 순간, 숙손 씨는 가신의 건의를 받아들여 맹손 씨네 집을 찾아갔다.

"우리는 계씨와 함께 상경으로 삼분 공실 하고 있사옵니다. 삼족 정립하려면 반드시 세 집이 모두 존재해야 합니다. 한 집이 흥성하면 세 집 모두 흥성할 수 있을 것이고 한 집이 쇠망하면 세 집 모두 쇠망해지는 것이 아니겠습니까!"

맹의자는 그의 말에 공감하여 검을 휘둘러 후소백을 그 자리에서 두 동강 내고 병사를 내어 계평자를 지원하기로 한다. 지원병이 도착하자마자 후소백의 머리를 내보이니 진을 치고 있던 병사들은 겁을 먹고 꼬리 빼고 도망쳤고 소공은 홀로 되어 제나라로 망명했다.

노 소공이 쫓겨나자 공자는 사흘 밤낮을 뜬눈으로 새웠다. 눈썹이 부들부들 떨리는 것은 내심에 파란곡절이 있다는 것을 의미했다. 관모를 올려 미는 머릿발은 그의 분노이고, 안면의 검은 구름은 그의 꽉 쌓인 근심 걱정이었다.

소공이 두 집의 충동에 놀아났거나, 소홀히 출병하여 홀몸으로 싸움터에 나갔다가 쫓겨난 것은 아닌지? 또 자신의 처지도 모르고 후 씨를 도와 계 씨를 토벌하려다 달걀로 바위 치기 한 것은 아닌지? 만일 그랬다면 이것은 저절로 호박을 쓰고 돼지 굴로 들어간 격이다. 그리고 그는 삼환의 횡포에 대해 증오하기 시작했다. 군주가 제아무리 잘못이 있다 해도 그는 불가침의 천자다.

그들이 어떻게 축군 할 수 있단 말인가!

이것은 예를 넘는 행위로써 보통이 아닌 난리이다. 공자는 또 요행을 바라 삼환이 뉘우쳐 소공을 모셔올 것을 희망했지만, 사흘이 지나가도 소공은 나타나지 않았다. 공자는 제자들 보고 봇짐을 챙기라 하고, 자신은 세면도구 등 외출 준비를 하고 나섰다. 계 씨에게 노나라 국군을 모셔올 것을 간청하려 했다.

남궁경숙은 말리면서 말했다.

"계평자는 독단 전횡하기 때문에 부자께서 가시면 위험하옵니다."

안로·증점·연백우 등도 생각을 고치라 했다. 하지만 공자는 이미 마음을 굳혔으므로 소용이 없었다. 공자는 계평자가 자신을 두려워서가 아니라 민심이 두려워 어쩌지 못한다고 생각했다. 물론 위험성이 아주 크다는 것을 너무나 잘 알고 있었지만, 공자는 조금도 두려워하지 않았다. 제자들과 입씨름을 할 때 공자는 다음과 같이 말했다.

"정의를 위해 싸울 수 없으면 용감한 것이 아니다! 용감한 자는 두려움이 없어야 하네. 인인지사(仁人志士)는 죽음을 아랑곳하지 않으며 오직 자신의 희생으로 정의를 수호해야 하고. 군주가 치욕을 당하면 신하는 죽어야 하는데 이 몸이 분신쇄골이 되더라도 절대 물러서지 않겠네."

자로가 장검을 들고 함께 가려 했으나 공자에게 거절당했다. 공자는 곧바로 계평자의 집으로 들어갔다. 계평자의 거짓 응대를 거들떠보지도 않으면서 공자는 하나로 이어지는 질문을 들이댔다.

"어째서 축군 했소!"

"임금님을 어찌하시겠습니까?"

"모셔오겠습니까?"

"새 군주를 세우시겠습니까?"

"아니면 군주를 새로 뽑으시겠습니까?"

계평자는 병 주고 약 주고 하면서 열정적으로 공자를 대하다가도 냉대했다. 두 손을 모아 비는 흉내까지 냈다가 나중엔 어쩔 수 없다는 표정이었다. 공자는 계평자의 태도를 보고 분노가 가슴에 북받쳐 올랐다. 임금을 모셔오지도 않고 새 군주를 세우지도 않고 새로 뽑는 것 자체를 계평자는 승인하지 않았다.

"당신이 조정을 독단하고 권리를 남용하여 나라를 망치는군! 신하로서 해야 할 도리를 지키지 않으려는 마음을 품은 건 한두 달이 아니었어! 소공 11년 봄에 있었던 일이 생각납니까? 당신은 직권에 넘치는 천자와 제후들의 예물을 받았고, 무지하게 태산에 올라 제사를 지냈습니다. 태산의 참신이 당신의 제사를 받았을 줄 아는가요? 그리고 소공 25년 가을 당신은 총재로 국가 대사를 장악하면서 나라의 조제에도 참가하지 않았소. 천자가 노군에게 부여해 준 예의를 함부로 제집에서 팔일무를 추었으니 참으로 용서받지 못할 일이외다. 당신들 삼환이 임금을 쫓아냈으니 이것은 신하가 임금에게 하여서는 안 될 짓을 한 것이외다."

공자는 또 쓸쓸하게 웃으면서 호되게 질책했다.

"만일 이 공구가 노나라의 《춘추》를 편찬하면, 하나하나의 일들을 역사책에 기록하여 당신의 추잡한 행위들이 자손만대 길이길이 전해질 것이외다."

계평자는 게슴츠레한 두 눈을 갑자기 둥글게 부릅뜨고, 두 손을 등뒤에 붙이고 왔다 갔다 하면서 진정하지 못했다. 마치 공기를 잔뜩 잡아넣은 공이 집안에서 굴러다니는 듯했다. 공자는 노기충천하여 밖으로 나갔다. 양호가 보검을 들고 공자를 뒤쫓아 나가려 하자 계평자가 두 눈을 부릅뜨면서 제지했다. 공자는 뒤도 돌아보지 않고 성큼성큼 걸어 널찍한 옷자락으로 바람을 일으키며 걸어 나갔다.

추풍이 세찬 소리를 내고 하늘이 주룩주룩 눈물까지 흘렸다. 육중한 나무바퀴 마차가 곡부성을 깔고 지나가며 앓는 소리를 냈다. 깊숙한 바퀴 자국을 남겨 놓고 굴러가고 있었다. 그 주위에는 너저분한 발자국들이 아무렇게나 깔렸다. 아득하게 너른 벌판은 망망하여 동서를 가릴 수 없었다. 비는 채찍처럼 공자 사도들을 후려갈겼다. 추위에 부대끼는 닭들처럼 떨며 곧바로 북쪽으로, 북쪽으로 제나라를 향해 달렸다.

주공이 간 방향으로 달리고 있었다.

5년 전, 제나라 태재 안영(晏嬰)이 공자를 찾아온 적이 있었다. 제나라 경공과 함께 노나라에 국사로 방문했을 때 공자와 안영은 서로 좋은 인상을 남겨 놓았다. 오늘 공자는 그에게로 가는 것이다. 설마 대문 밖에 세워 놓지는 않을 것으로 생각했다.

기원전 522년 공자가 30세 되던 어느 날, 공자는 마음을 가라앉히고 책을 보고 있었는데 궁중 내시가 나는 듯이 마차를 몰고 들어왔다. 제 나라의 경공과 안영이 노 나라를 방문하여 공자와 회견을 하고 싶다고 소공의 영에 따라 초청하러 온 것이다. 안영은 공자가 숭배하는 또 한 분의 정치가였다. 그는 재상이라는 직위에 있었으나 허름한 초가에 살며 가구도 제대로 갖추지 않고 부인이 직접 부엌일을 도맡아 보았다. 그 자신 가죽 두루마기 한 벌을 30년 입었다 한다. 안영이 조정 대사를 맡아 보면서부터 제 나라는 하루가 다르게 강성해졌다. 공자는 그때 비록 인기가 있는 사람이라 하지만 가난한 선비에 불과했다. 오늘 노나라 군주가 부르고 있어 전과는 다른 입장이었다. 안영까지 회견하고 싶어 한다니 경사라도 만난 것처럼 기뻐 어찌할 바를 몰랐다.

제나라에서 경공과 안영은 일찍 공자가 현명하다는 소문을 들었다. 즉 공자는 효도를 알고 예의를 알며 보지 않은 책이 없다고 들었기에 모르는 박물(博物)이 없다 했다. 지금에 와서 만나보니 참으로 헛소문이 아니었다. 그의 용모만 보아도 모양이 기이하고 행동거지가 우아하고 목소리 또한 서글서글했다. 그들은 서로 만나자 경공이 공자에게 물었다.

"옛사람 진목공(秦穆公)은 나라가 작고 지방에 있는 나라임에도 불구하고 제후들의 패권을 좌지우지했는데 그 이유가 무엇인가?"

공자는 태연하게 대답했다.

"진나라는 작지만 지향하는 바는 크며, 지방의 좁은 구석에 있으나 인재를 잘 등용했습니다."

경공은 또 물었다.

"어떤 방면에서 인재를 잘 등용한다 할 수 있겠는가?"

공자는 차분하게 대답했다.

"진나라의 목공은 백리계(百里溪)의 신분을 바꾸어 주고 건숙(蹇叔)을 초빙했습니다. 그리하여 중임을 맡겨 국정을 넘겨주었습니다. 그리고 그들의 말과 계책을 들어주었습니다. 그래서 점차 제후들의 패권을 장악했나이다."

경공은 듣더니 매우 기뻐했다. 말참견을 즐기던 안영이었건만, 이 시각엔 말수가 적어졌다. 그는 속으로 이렇게 생각했다. '공구가 백리계가 될 운명인데 애석하게도 진나라의 목공을 만나지 못했구먼.' 작별시 안영은 공자의 손을 잡아주면서 말했다.

"벗으로 사귀고 싶소이다. 하루빨리 제나라 수도(임치)에 오시여 가르침을 주십시오."

이 회견 후 공자는 생각했다. '제나라에 가면 자신의 포부를 실현할 수 있을 것이다.' 그리고 두 번째 백리계가 될 꿈을 꾸었다.

고국 노나라 국경을 넘어 제나라로 가다

저녁 무렵 공자 일행은 태산 아래까지 왔다. 석양 속에서 아름답고 장엄한 태산은 사자처럼 제·노나라의 대지에 엎드려 있는 모습이었다. 밤이 되어 땅거미가 깔리기 시작했다. 그러자 태산은 엄청나게 큰

괴물처럼 보였다. 이 세상의 모든 것을 삼켜버릴 것만 같았으나 오직 자신의 모호한 그림자밖에 남기지 않았다. 태산의 밤은 산바람이 솔 파도를 일으켰다. 승냥이가 울고, 호랑이가 포효했다. 원숭이와 사슴의 처량한 울음소리와 산새들의 지저귀는 소리뿐이었다. 때때로 울음소리, 흐느끼는 소리, 앓는 소리까지 들려오는 것 같았다. 그런데 그야말로 모골이 송연한 사건이 터졌다.

공자 일행은 작은 마을 여관에서 하루 숙박하기로 하고, 이튿날 길을 떠날 계획이었다. 한참 어두컴컴한 산길을 지나가고 있을 때, 골짜기에서 한 여인의 처량한 울음소리가 들려왔다. 고개를 들고 보니 안개가 자욱하여 태산의 모습은 보기 힘들었다. 짙은 연기와 첩첩한 안개에 휩싸인 채 슬피 우는 한 여인이 있었다. 갈래갈래 산속의 시내들은 흐르고 있어 그 줄기를 찾지는 못하였으나 다만 졸졸거리는 소리만 들릴 뿐 산속 시내의 흐르는 물소리는 처량하게 울고 있는 여인의 눈물 소리 같았다

소년 시절에 나팔 수질을 하면서 늘 상갓집 일들을 맡아 했던 공자는 처량한 울음소리를 듣고 아들을 갓 잃어버린 여인의 울음소리가 틀림없는 것 같았다. 공자는 자로에게 마차를 세우게 하고 마차 난간을 짚고 한참 듣더니 슬퍼하며 마차에서 내렸다. 제자들과 함께 울음소리가 들려오는 방향으로 가서 그 마음에 상처 입은 불행한 여인을 달래려 했다.

산간에는 몇 채의 초가들이 띄엄띄엄 흩어져 있었다. 초가 주위에는 높고 낮은 무덤들이 보였다. 후세의 무덤들은 무덤 위에 무덤이 생겨

이렇게 산야의 세속이 지속하고 발전되어 온 것 같았다. 한 육십이 넘은 부인이 새 무덤 위에 엎드려 흐느껴 울고 있었다. 그녀는 하늘을 원망했다가 땅도 원망하며 세상을 원망했다. 그리고 자신의 기구한 운명도 원망하면서 울고 또 울었다. 공자는 노부인에게 인사를 드리고 나서 한참 위로했다. 그녀는 눈물은 계속 흘렸고 어깨를 들썩거리면서 흐느꼈다. 공자는 노부인에게 누구 때문에 울며 앞에 무덤들은 모두 누구의 것이냐고 물었다. 그녀는 흐느끼면서 공자에게 이야기했다.

그녀의 집안은 몇 세대가 수렵 생활을 하면서 이 두메산골에서 살았는데 호랑이들이 난폭해서 늘 사람의 생명을 빼앗아 갔다. 그녀의 시아버지는 범에게 먹혔는데, 뼈가 몇 개밖에 남지 않았다. 남편도 호랑이 밥이 되었다. 그저께는 또 35세 나는 아들이 호랑이 배를 불려 주었다. 이 무덤 속에 아들의 낡은 옷 몇 벌밖에 묻지 못하였다는 것이다. 지금은 노파 홀몸밖에 남지 않아 의지할 곳 없으니 금후의 나날을 어찌 보내야 할지 몰라 이렇게 슬피 운다는 것이었다.

노부인은 말하면 말할수록 더욱 상심해서 나중에는 목 놓아 울었다.

안로가 그녀에게 불쑥 물어보았다.

"당신들은 어이하여 이 심산을 떠나 인가가 많은 마을에 가서 살지 않았소?"

"우리 선조들은 산 아래 큰 마을에서 농사를 짓고 살았다오. 그런데 가혹한 정치의 시달림을 피해 이 심산에 들어왔소이다. 이 심산에는 맹호는 있어도 학정은 없소이다."

공자는 노부인의 하소연을 듣고 한참이나 먼 창공을 바라보았다. 그러다가 분연히 몸을 돌려 개탄하면서 제자들에 훈계하셨다.

"학정은 범보다 더 무섭구나! 한 곳에 범이 있으면 모든 사람이 호랑이 밥 되는 것은 아니지만 학정이 실행되는 곳에는 살아남는 이가 없구나! 장래에 자네들이 벼슬아치가 되면 학정을 해서는 절대 안 된다!"

공자와 제자들은 노부인을 위로했다. 돈 몇 닢과 미음을 그녀에게 준 다음 쓰라린 가슴을 안고 그곳을 떠났다.

국경이 멀리 떨어진 곳에 도착한 공자는 마차에서 내렸다. 천천히 걸으며 조국 강산을 한 번이라도 더 보고 싶어, 보고 또 보며 내심의 고통을 조금이라도 덜어보고자 했다. 이제 얼마 안 가면 제·노 양국의 국경이다. 공자는 제자들에게 충분히 쉴 수 있는 시간을 주었다. 누구도 국경을 넘어가서는 안 된다고 단단히 일렀다. 옷 주름을 펴고 모자 위의 먼지를 털며 허리를 굽혀 남쪽을 향해 절했다.

그렇다. 이제 마차 바퀴가 몇 번 더 돌게 되면 외국 땅을 밟게 된다. 그를 낳고 키워준 부모님을 어쩔 수 없이 떠나야 하는 형편이 더 아프다 한들 이제는 돌이킬 수 없을 것이다.

'위험한 나라에 들어가지 않고(危邦不入) 난리가 난 나라에서 살지 않는다(亂邦不居)'라고 하지만 군왕이 없는 나라에서 또 어떻게 살아갈 수 있으랴! 주례에 의하면, 대부가 무죄로 나라를 떠나면 변경에서 사흘 묵었다. 만약 국군이 옥가락지를 보내오면 만류하는 뜻이라 했다. 그 대신 옥 뭉치를 보내오면 내쫓는 뜻이었다. 이렇게 볼 때 공자가 느릿느릿 떠나려 하지 않는 것은 의미가 있었다.

국군의 사신을 기다리는 것이 아니겠는가! 아니다. 임금님은 이미 축출당했는데 거기에 또 어떤 소망이 있으랴! 다만 그에게는 고향 땅을 떠나는 아쉬운 감정밖에 없었다.

공자는 북쪽을 등져 허공에 세 번 절하고 엉거주춤하게 섰다. 황토 한 움큼 움켜쥐고 코로 냄새를 맡아보고는 가슴에 꼭 갖다 댔다. 그런 다음 옷깃을 한 조각 찢어냈다. 그것을 싸고 또 싸서 옷가슴 속에 깊이 넣고 과단성 있게 소리쳤다.

"출발!"

그는 어머니 안정재가 죽어서 한 번 울고 이번이 두 번째 우는 울음이었다.

"드륵~ 드르륵~"

소리를 내며 마차는 국경 비석을 지나 앞으로 향해 굴러갔다. 마차 뒤로는 두 바퀴 자국만이 깊숙이 패여 있었다. 마차 바퀴 소리가 때로는 신음을 내는 것만 같았다.

그는 정든 노나라를 떠나 공자는 임금이 망명한 제나라로 국경을 넘었다.

〈제1권 끝〉

제2권 : 현실정치 참여 후 천명(天命)을 알기까지

공자 36세 되던 해(기원전 516, 주 장왕 4, 노 소공 26) 제나라 경공에게 정사에 대해 가르치셨다.

제 경공이 니계(尼谿)를 전봉(田封)으로 공자에게 주려 했으나, 안영의 반대로 성공하지 못했다. 노나라 소공이 거주하고 있는 운성은 노나라 땅이었는데 제나라는 소공을 핑계로 강점하고 있었다.

다음해 공자는 제나라에 있었는데 제나라 대부가 공자를 살해하려 하자 경공이 보호할 힘이 없음을 알고 다시 노나라로 돌아왔다. 이웃 오나라는 공자(公子) 광(光)이 왕 료(僚)를 살해 하고 스스로 왕이 되는데 그가 바로 오왕 합려(闔閭)였다.

공자 38세 되던 해 노나라로 돌아 온 공자는 진나라 위헌자가 집정하자 기(祁) 씨, 양사(羊舌) 씨를 멸망시키고 현으로 만들어 기자(其子)와 같은 현능지사를 파견하여 현재縣宰로 임명한 것을 칭찬한다. 노소공은 진(晋)나라의 읍성인 건후(乾侯)에 거주했다. 다음해 공자는 진나라에서 순인자(荀寅子), 조앙(趙鞅) 등이 형서(刑書)를 제정하고 솥에 새겨 형정(刑鼎)을 만든 것을 보고 귀천이 무질서하여 증급 제조가 파괴되었다고 한탄했다.

그리고 공자는 40세에 들어 성숙되는 시기가 지나 학문체계가 굳어져 다시 변하지 않는다고 했다. 공자 42세(기원전 510, 주 장왕 10, 노 소공 32)에 소공이 건후에서 죽는다. 계손여의(季孫如意)는 노 소공의 동생인 공자(公子) 송을 즉위시키니 그가 바로 노나라 정공(定公)이다.

노 정공 원년 소공의 영구(靈柩)가 건후에서 노나라에 옮겨졌고 노 정공이 정식 취임했다. 노 정공 3년(기원전 507, 공자 45세) 주 장왕(邾庄王) 13년에 장례 사절을 파견하여 공자에게 관례(冠禮)에 대해 가르침을 받았다.

공자는 46세 때 공리(孔鯉)와 일부 제자들을 거느리고 노 환공의 묘에 가서 유좌(宥坐)인 의기(敧器)를 참관시켰다. 그리고 제자들에게 '총명하고 지혜로운 자는 어리석음을 지켜야 하고, 천하를 공략하려면 양보할 줄을 알아야 하고, 용감성으로 세상을 부축이려면 겁을 알아야 한다'는 것을 가르쳤다.

공자 47세(주 장왕 15, 노 정공 5)때 노나라의 계손여의(季孫如意)가 죽었다. 그의 가신 양호는 계손사를 가두고 노나라 정권을 잡아, 공자에게 출사를 권했으나 나가지 않고 제자들에게 불의한 부귀영화는 뜬구름과 같다고 가르쳤다.

주 장왕 17년, 노 정공 7년에는 제나라가 운성(鄆城), 양관(陽關) 두 성을 노나라에 돌려주었는데 양호가 이 두 성을 차지했다.

공자 50세(기원전 502)에 들어 천명을 깨달아 자신을 알게 되어 객관적 사물의 발전 법칙을 장악하게 되었다. 삼환을 제거하고 계씨를 죽이려 하다가 성사되지 못했다. 공산불뉴(公山不狃)가 사절을 파견하여 공자를 불러 가고자 했으나 자로의 반대로 그만둔다.

다음 해(공자 51세) 노나라는 양호를 토벌하고 양관을 쳤다. 양호는 포위를 뚫고 제나라로 도망쳐 송(宋)나라를 거쳐 진(晋)나라 조간자(趙簡子)에게 간다.

이 때 공자는 조 씨네 세가에 난(亂)이 생길 것을 알고 노나라에서 중도재(지금 산동성 문상현 서쪽)에 부임하여 탁월한 업적을 쌓고 1년간 사방에 큰 변화의 바람을 일으킨다.

다음 해(공자 52세) 중도재에서 소사공(小司空)으로 옮기고 소사공에서 대사구(大司寇)로 승임 되어 섭정을 한다. 하(夏)나라와 제나라는 노나라와 사돈을 맺어 화해했다. 노 정공과 제 경공은 협곡(산동성 내무시 남쪽) 회맹에서 맹약을 조인하고, 운성(鄆城), 환성(讙城), 구음(龜陰) 등지를 돌려받는다.

공자 53세(주 장왕 21, 노 정공 11) 때 대사구에 부임하여 한동안 노나라가 잘 다스려졌다. 공자는 노 정공을 대신하여 사무 관리는 물론 바른 정치가 성행되어 백성들의 칭찬이 자자했다. 공자가 노나라의 대사구로 있을 때 자로는 계씨재로 부임하여 사가를 폐지시키고 공실을 강화시키기 위해 탈삼도를 시행하기 위한 행동에 나섰으나 결국은 실패하여 반 년 만에 끝났다.

공자 55세(주 장왕 27, 노 정공 13) 때 노나라가 잘 다스려지자 제나라가 이를 두려워해 노나라 정치를 무너뜨리려고 미녀 80명과 얼룩말 24사(駟)(1사에 4필)를 노군에게 선물로 보내왔다. 계환자가 먼저 받고 노군을 꾀어 여색으로 정사를 망치게 하여 예제마저 어긋나게 되어 공자는 실망하고 노나라를 떠나 위나라로 가게 된다.

공자는 위나라에서 자로의 처형 안탁추(顔濁)의 집에 거주하며, 위 영공으로부터 노나라에서 받았던 대우대로 봉록을 받은 후 14년간의 제후 열국순방을 시작한다.

제3권 : 열국 순방 후 자기정리를 끝으로 고종명까지

공자 55세(기원전 497, 주 장왕 27, 노 정공 13)때 노나라를 떠나 위나라에 도착하여 자로의 처형 안탁주의 집에 거주하며 중임을 맡았으나 감시를 당하자 위나라를 떠나 진(陳)나라로 가기위해 광(匡)읍성(하남성 상원현 경내)을 지나다 그 곳 주민들에 의해 양호로 오해 받고 포위되어 위기를 맞기도 한다. 박읍(薄邑)성(하남성 장원현)에서는 공숙(公叔)씨의 반란군에 포위되기도 하여 다시 위나라로 돌아가 거백옥(遽伯玉)의 집에 거한다. 다음 해 위 영공의 부인 남자(南子)와 회담 한 일로 자로에게 불쾌함을 사기도 한다.

57세(주 장왕 25, 노 정공 15)되던 해 주자(邾子)는 노나라에서 사무를 맡고 자공은 관례(觀禮)를 볼 때 노나라 정공이 죽고 그 아들 장(蔣)이 세습하여 애공에 즉위한다.

공자 59세(주 장왕 27, 노 애공 2)되던 해 공자는 위 영공이 자기를 쓰지 않음을 탄식하며 진나라 토벌에 관해 물으니 말해주지 않았다. 위나라를 떠나 조간자에게 가려고 계획했으나 황하 변에 이르러 현능지사를 살해했다는 소문을 듣고, 강변에서 탄식하며 송나라로 말 머리를 돌렸다. 그런데 송나라 사마환퇴(桓魋)가 공자를 살해하려 하자 변복하고 정나라로 간다. 그러나 정나라에서도 환대하지 않자 다시 진나라로 간다. 이 해에 위 영공이 죽고 괴귀의 아들이 세습하여 위 출공이 즉위한다.

공자 60세(주 장왕 28, 노 애공 3) 때 노나라 계환자가 병들어 눕자 공자를 등용하지 못한 것을 후회하며 임종하면서 아들인 계강자에게 공자를 모셔다 노나라를 다스릴 것을 당부했지만, 공지어(公之魚)의 반대로 공자의 제자 연구가 간다.

공자 63세(주 장왕 31, 로 애공 6)때, 나라에 있는 동안 오나라가 진나라를 토벌할 때였다. 초나라는 진나라를 도왔고 공자는 진나라를 떠나 채나라로 가는 도중 부함(負函)에서 갇힌다. 그곳에서 칠일간이나 단식하면서 강의하고, 거문고 치고 노래하며 제자들을 가르쳤다. 공자가 부함에 가서 엽공과 회면했을 때 엽공이 문정하자 '근자설(近者說) 원자래(遠者來)' 라고 가르치셨고 초나라에서 교육을 통해 낙후된 장강지

역에 중원문화를 전파했다. 다음 해에는 위나라에 있으며 출사한 자들이 많아 돌아올 것을 요구하며 군주의 정사에 대해 말해 주었다.

정사를 맡으면 반드시 신분부터 바로잡고, 언어가 통해야 하며, 예악이 흥성해야 형벌이 고르다고 했다.

오나라는 노 애공과 증(鄫)성에서 회맹을 맺고 과다한 제물을 요구하자 자공이 사절로 가서 노나라의 존엄을 지켜낸다. 다음 해 공자가 위나라에 있을 때, 오나라가 노나라를 토벌하다 크게 패한다.

공자 67세(주 장왕 35, 노 애공 10) 위나라에 있을 때, 공자의 부인 원관씨가 세상을 떠난다. 다음 해에는 제나라 군대가 노나라를 토벌할 때 공자의 제자 연구의 작전술로 크게 승리하자 계강자는 공화(公華), 공빈(公賓), 공림(公林)을 폐례(幣禮)로 하여 공자를 모셔온다.

공자의 14년간 제후국 순방의 방랑생활은 끝이 나고 비로소 고국 땅을 다시 밟으며 노나라로 돌아왔다.

이 때 노나라 애공이 문정하자 대신을 어떻게 선발하느냐가 정사라 했다. 또 정직한 자들을 선발하여 사악한 자의 윗자리에 앉게 하면 백성들이 복종하고 사악한 자들이 윗자리에 앉으면 불복한다고 했다. 또 정사란 정(正)자는 바르단 뜻이니, 솔선하여 바른길을 걸으면 감히 비뚤게 나갈 수 없다고 했다.

노나라에서 끝내 공자를 쓰지 않자 공자도 더는 출사하려 하지 않고 문헌 정리와 교육 사업에 심혈을 기울여 인재 육성에 노력했다. 시와 서를 삭제하고 예와 악을 정리하는 일에 힘썼다. 《춘추》를 수정하는 일 외에 치국에 필요한 3천 제자를 얻어 그들을 가르쳐 예에 정통한 제자가 72명이나 되었다.

공자 69세. 노나라에 있을 때 노 소공의 부인 맹자(孟子)가 세상을 떠나 공자가 조상했다. 노태사(魯太師 악관)와 악을 의론하여 그 성공 비결을 알아냈고, 악을 바로잡기 시작하여 아(雅)와 송(頌)을 터득하게 된다. 이 해에 공자의 아들 백어(伯魚 공리)가 죽는다.

공자는 나이 70이 되자 생각나는 대로 해도 규칙에 어긋나는 일이 없어 행동이나 생각이 도덕적 원칙과 주례의 규범에 벗어나지 않았다. 《역(易)》에 대한 애착으로 역을 애독하여 수차 꿰맨 것이 끊어졌다.

다음 해인 공자가 71세(주 장왕 39, 노 애공 14)에는 노나라에서 《춘추(春秋)》를 쓰고 있을 때, 곡부성 서부 대야(大野)에서 괴수(怪獸)인 기린(麒麟)을 잡았다는 소식을 듣고 '나의 도는 끝났다.'고 하시며 《춘추》를 수정하던 붓을 던졌다.

이 해에 안회가 41세를 일기로 세상을 뜨자 공자는 비통하게 울면서 슬퍼했다. 또한 제나라 진항(陳恒 진성자)이 간공을 죽였다. 노 애공과 삼환에게 제나라를 토벌하여 군신의 의리를 지키자고 충고해도 듣지 않았다. 제나라 정변에서 공자의 제자 재여(宰予)도 죽었다.

공자 72세(주 장왕 40, 노 애공 15) 때, 위나라 괴귀는 아들을 쫓아내고 왕위에 오르니 위 장공(衛庄公)이다. 공자의 제자 자로는 위나라에 공리(孔悝)의 가신으로 있다가 목숨을 잃었다.

기원전 479년 공자 73세(주 장왕 41, 노 애공 16)되던 해 주력(周曆) 4월 11일(하력으로는 2월 11일) 공자는 칠 일간 침상에 누워 앓다가 세상을 떠났다. 노성(魯城 지금의 곡부현) 북사(北泗)에 묻혔고 노나라 애공은 만장을 써서 그의 죽음을 슬퍼했다.

　많은 제자들이 시묘(守墓)살이 삼년을 하고 슬퍼 울면서 헤어졌다. 그 중 유독 자공은 시묘살이 육년을 하고 떠났다. 제자들과 노나라 사람들은 공자의 묘를 따라 집을 짓고 살기 시작하여 100여 호가 넘어 공리(孔里)라 이름 했다.

　공자의 집을 묘당(廟堂)이라 하고 해마다 제사를 올린다. 그곳에는 공자 평생의 옷, 모자, 책, 거문고 등이 간직되어 있으며 곡부현(曲阜懸)의 공묘(孔墓), 공부(孔府), 공림(孔林)을 삼공(三孔)이라 한다. 현재 볼 수 있는 것들은 바로 이때부터 시작된 것이다.

　후일 그를 만세사표(萬歲師表)로 삼아 문성대왕(文聖大王)의 칭호로 존경하고 있다.

〈끝〉

소설 공자 1

가난을 이기고 뜻을 세워 홀로서기까지

1판 1쇄 인쇄 | 2019년 3월 12일
1판 1쇄 발행 | 2019년 3월 12일

지은이 | 우쾌재
펴낸이 | 김경배
펴낸곳 | 시간여행
디자인 | 디자인[연:우]
등 록 | 제313-210-125호 (2010년 4월 28일)
주 소 | 경기도 고양시 덕양구 지도로 84, 5층 506호(토당동, 영빌딩)
전 화 | 070-4350-2269
이메일 | jisubala@hanmail.net

종 이 | 엔페이퍼
인 쇄 | 한영문화사

ISBN 979-11-85346-92-2 (04810)
ISBN 979-11-85346-91-5 (세트)

이 도서의 국립중앙도서관 출판예정 도서목록(CIP)은 서지정보유통지원시스템 홈페이지
(http://seoji.nl.go.kr)와 국가자료 공동목록시스템(http://www.nl.go.kr/kolisnet)에서
이용하실 수 있습니다. (CIP제어번호: CIP2019008251)